Mr. VVILLIAM
SHAKESPEARE

헨리 6세 3부

The True Tragedy of Richard Duke of York and the Good King Henry the Sixth

국립중앙도서관 출판시도서목록(CIP)

헨리 6세 3부 / 셰익스피어 지음 ; 김정환 옮김. — 서울 : 아침이슬, 2012
p. ; cm. — (셰익스피어 전집 ; 21)

원표제: The True Tragedy of Richard Duke of York and the Good King Henry the Sixth
원저자명: William Shakespeare
영어 원작을 한국어로 번역
ISBN 978-89-6429-129-0 04840 : ₩10000
ISBN 978-89-6429-132-0(세트)

영국 희곡[英國戱曲]

842-KDC5
822.33-DDC21 CIP2012004216

헨리 6세 3부

The True Tragedy of Richard Duke of York and the Good King Henry the Sixth

요크 공작 리처드와 착한 왕 헨리 6세의 진정한 비극

셰익스피어 지음 | 김정환 옮김

아침이슬

일러두기

운문과 산문 구분을 명확히 했고, 행갈이를 원문과 똑같이 맞추었다. 각 작품을 잘 쓰인 시집 한 권 대하듯 읽으면 적당할 것이다.

등장인물

왕쪽

헨리 6세 왕

마가릿 왕비

에드워드 세자 그들의 아들

서머싯 공작

엑스터 공작

노섬벌랜드 백작

웨스트모얼랜드 백작

클리포드 경

스태포드 경

서머빌

헨리 어린 리치먼드 백작

사냥꾼 에드워드 왕을 지키는

둘로 나뉜 네빌 가문

워릭 백작 요크 쪽의 1인자, 훗날 랭커스터 쪽

몬테규 후작 그의 동생, 요크 쪽

옥스퍼드 백작 그들의 매형, 랭커스터 쪽

헤이스팅스 경 그들의 매형, 요크 쪽

요크 공작 쪽

요크 공작 리처드 플랜타저넷

에드워드 마치 백작, 그의 아들, 훗날 요크 공작, 그리고 에드워드 4세 왕

그레이 부인 과부, 훗날 에드워드의 아내이자 왕비

리버즈 백작 그녀의 남동생

조지 에드워드의 동생, 훗날 클래런스 공작

리처드 에드워드의 동생, 훗날 글로스터 공작

러틀랜드 백작 에드워드의 동생
가정교사 러틀랜드의 가정교사, 예배당 목사
존 모티머 경 요크의 삼촌
휴 모티머 경 그의 동생
노포크 공작
윌리엄 스탠리 경
펨브로우크 백작
존 몽고메리 경
귀족
두 사냥터지기
세 야간 경비병 에드워드 왕 막사를 지키는
런던탑 책임관 존

프랑스인들
루이 왕
보나 숙녀 그의 처제
부르봉 경 프랑스 해군장관

다른 사람들
병사 자기 아들을 죽인
두 번째 병사 자기 아버지를 죽인
코번트리 시장
요크 시장
요크 시의회 의원들
병사들, 전령들, 그리고 시종들

대사에 나오는 외국 명

파에톤 그리스 신화 태양신 헬리오스의 아들

히르카니아 이란 북부 카스피 해의 남쪽 지역

프리암 트로이 전쟁 당시 트로이 왕

바실리스크 쳐다보거나 입김을 부는 것만으로도 사람을 죽일 수 있다는, 뱀과 같이 생긴 전설상의 괴물

네스토르 일리아드에 나오는 그리스의 노(老)영웅

시논 그리스 전설 영웅 오디세우스의 사촌동생으로 목마 계략에서 중요한 역할을 함

프로테우스 그리스 신화의 바다의 신

입다 구약성서의 인물. 암몬과의 전쟁에서 이기면 제일 먼저 마중 나온 사람을 번제로 바치겠다고 한 야훼와의 약속 때문에 딸을 신께 바침

다이달로스 크레테의 미궁을 만든 뒤 미노스에 의해 탑에 갇힘

미노스 그리스 신화의 전설적인 크레테 왕

제1막

나를 태운 재에서, 불사조처럼, 솟아날
새 한 마리가 너희 모두에게 복수할 것이고,
그 희망으로 나는 내 시선을 하늘에 던진다,
너희가 내게 가하는 그 어떤 고통도 경멸하면서.

1막 1장

런던, 국회의사당

상석. 전투 경보. 요크 공작 리처드 플랜타저넷, 그의 두 아들 마치 백작 에드워드와 노포크 공작 리처드, 몬테규 백작, 그리고 워릭 백작, 고수들 및 병사들과 함께 등장. 모두 모자에 하얀 장미를 꽂았다.

워릭 대체 왕이 어떻게 우리 손을 빠져나간 걸까요?

요크 우리가 북방 기병들을 쫓는 동안
왕이 교활하게 빠져나가 자기 부하들을 떠났소.
그러자 그 대단한 노섬벌랜드 경이,
그자 귀는 호전적이라 퇴각 나팔 소리를 결코 못 견디거든,
기운 내게 했지요 떨어져 나가는 병사들을, 그리고 그 자신,
클리포드 경, 그리고 스태포드 경이, 모두 나란히,
돌격해 왔소 우리 부대 본진 정면을, 그리고, 난입 중
일반 병사들의 칼에 살해당했소.

에드워드 스태포드 경의 아버지, 버킹검 공작도,
살해당했거나 중상을 입었죠.
제가 수직 일격으로 투구 얼굴가리개를 박살냈거든요.
정말이에요, 아버님, 이 피를 보세요.

그가 피 묻은 칼을 보여 준다.

몬테규 〔요크에게〕 그리고, 삼촌, 이것은 윌트셔 백작의 피라오,

〔그가 피 묻은 칼을 보여 준다〕

백병전이 벌어졌을 때 마주쳤지요.

리처드 〔서머싯 머리를 내보이며 그것에 대고〕 네가 내 대신 말해 주렴,

말해 드려 내가 한 일을.

요크 리처드의 공이 내 모든 아들 중 최고로구나.

〔머리에 대고〕 근데 저하께서 돌아가셨는가, 서머싯 경?

노포크 고온트의 존 자손들 모두 이런 꼴을 당해도 싸지.

리처드 난 헨리 왕 머리통을 이렇게 해 줄 테요.

그가 머리를 높이 쳐든 다음, 바닥에 내동댕이친다.

워릭 나도 마찬가집니다, 승리하신 요크의 군주님.

군주께서 그 옥좌에 앉으신 것을 보기 전에는

현재 랭커스터 가문이 찬탈 중이지만,

내 하늘에 맹세코 두 눈을 감지 않을 것이오.

이것이 궁정이구려 겁먹은 왕의,

이것이 〔옥좌를 가리키며〕, 왕좌고—차지하시오 그걸, 요크,

이건 군주님 것입니다, 헨리 왕 자손들 것이 아니고요.

요크 날 도와주시오 그렇다면, 우리 워릭, 그러면 내 그리하리다

우린 이리로 강제 진입한 것이니.

노포크 우리 모두 도울 것입니다—도망치는 자는 죽일 테요.

요크 고맙소, 고결한 노포크. 내 곁에 있어 주시오, 경들,

병사들도—내 곁에 머물고, 함께 묵읍시다 오늘 밤.

그들이 상석 쪽으로 올라간다.

워릭 그리고 왕이 오면, 폭력 행사할 거 없지요,
그가 군주님을 강제로 밀어내려 하지 않는 한.

병사들이 물러난다.

요크 왕비가 오늘 여기서 의회를 연다지만,
우리가 참석할 줄은 모르고 있을걸,
말로든 칼로든 이 자리에서 우리 권리를 따냅시다.
리처드 우리 무장한 채로, 이 의사당 안에 있지요.
워릭 오늘은 '피의 의회'로 명명될 게요.
그게 싫으면 플랜타저넷, 요크 공작을 왕으로 모시고,
수치스런 헨리는 폐위시키는 거고, 그자의 비겁함이
우리를 적들의 조롱거리로 만들었으니.
요크 그렇다면 날 떠나지 마오, 영주님들. 마음을 굳게 다지고—
나는 정말 내 권리를 소유할 작정이니.
워릭 왕이든 왕을 가장 사랑하는 자든—
랭커스터를 지지하는 가장 위풍당당한 자든—
감히 날갯짓 못하리로다 내가 매 방울을 흔들면.
내가 플랜타저넷을 심고, 해보자는 놈은 뿌리를 뽑을 터.
결심하십시오, 리처드—요구하세요 잉글랜드 왕관을.

요크가 자리에 앉는다.
화려한 취주. 헨리 왕, 클리포드 경, 노섬벌랜드 백작, 웨스트모얼랜드 백작, 엑스터 공작, 그리고 나머지 사람들 등장. 모두 모자에 붉은 장미를 달았다.

헨리 왕 경들, 보시오 저 뻣뻣한 역도가 앉아 있는 것을—

감히 국가 상석 자리에! 아마 그가 정말로,
워릭, 저 거짓된 귀족의 후원으로,
왕관 쓰고 왕으로 군림해 볼 모양이오.
노섬벌랜드 백작, 저자가 그대 아버지를 죽였노라—
그대 아버지도, 클리포드 경—그리고 둘 다 맹세하였소 복수하겠노라고
저자, 저자 아들들, 저자 총신들과 친구들한테 말이오.

노섬벌랜드 만일 안 한다면, 하늘의 복수가 내게 내리기를.

클리포드 그 희망에 클리포드는 갑옷 차림 초상을 치르고 있소.

웨스트모얼랜드 아니, 그냥 두고 보실 겁니까? 끌어내려야죠.
내 가슴 분노로 불탑니다—참을 수가 없어요.

헨리 왕 참아요, 점잖으신 웨스트모얼랜드 백작.

클리포드 인내란 겁쟁이나 하는 짓이죠, 〔요크를 가리키며〕 바로 저런 자 말이오.
저자가 어떻게 저기 앉겠소 폐하 아버님이 살아 계셨다면.
인자하신 폐하, 여기 이 의사당에서
공격합시다 요크 가문을.

노섬벌랜드 옳소, 친척, 그래야 합니다.

헨리 왕 아, 모르십니까 런던이 저들을 총애하고,
저들에겐 절대 휘하 병력이 있다는 것을?

엑스터 하지만 공작을 죽이면, 그들은 급히 달아날걸요.

헨리 왕 그런 일을 헨리는 생각도 할 수 없습니다,
의사당 건물을 도살장으로 만들다니오.
친척 엑스터, 눈살 찌푸림, 말, 그리고 위협이
헨리가 구사하려는 무기가 될 것이오.

〔요크에게〕 그대 반역의 요크 공작, 내 옥좌에서 내려와
내 발 아래 무릎 꿇고 은총과 자비를 구하라.
나는 그대의 군주니라.

요크 내가 그대의 군주지.

엑스터 망측하구나, 내려오라—왕께서 너를 요크 공작으로 봉하시지 않았더냐.

요크 그건 내 유산이었다, 백작령이 그렇듯.

엑스터 네 아버지는 대역죄를 지었어.

워릭 엑스터, 네놈이야말로 대역죄인이다,
이 찬탈자 헨리를 따르고 있으니.

클리포드 자신의 적통 왕 말고 누굴 따라야 한단 말인가?

워릭 그렇지, 클리포드, 그게 요크 공작 리처드란 말이고.

헨리 왕 〔요크에게〕 나는 서고 그대는 내 옥좌에 앉고?

요크 그래야지, 그리될 것이고—만족할 줄 알아야 하느니.

워릭 〔헨리 왕에게〕 랭커스터 공작을 하시오, 그를 왕으로 하고.

웨스트모얼랜드 그분은 왕이자 랭커스터 공작이시다—
그러시도록, 웨스트모얼랜드 영주가 지켜 드릴 것이고.

워릭 워릭은 그것을 두고 보지 않을 것이고. 너는 잊었구나
우리가 너를 전장에서 추적했고,
네 아버지를 죽였고, 그리고, 군기를 펄럭이며,
도시를 가로질러 궁정 대문으로 진군해 왔다는 것을.

노섬벌랜드 기억하고 말고, 워릭, 기억한다 뼈에 사무치게,
그리고, 반드시, 너와 네 가문은 그 일을 후회하게 될 것이다.

웨스트모얼랜드 〔요크에게〕 플랜타저넷, 너와, 네 아들과,

네 친척과, 네 친구들의 목숨을 나는 앗을 것이다,
내 아버지 혈관에 흐르던 핏방울 수보다 더 많이.
클리포드 〔워릭에게〕 닥치거라, 그렇지 않으면, 말 대신,
네가, 워릭, 네놈한테 보낼 사자는
내가 움직이기도 전에 그분의 죽음을 복수할 것이니.
워릭 〔요크에게〕 클리포드가 불쌍하네요, 저걸 위협이라고.
요크 〔헨리 왕에게〕 왕관에 대한 짐의 명분을 보여 주랴?
아니면, 짐의 칼로 전장에서 변론을 펼치던지.
헨리 왕 그대, 반역자가, 무슨 권리가 있는가, 왕관에?
그대 아버지는, 그대가 그렇듯, 요크 공작이었다,
그대 할아버지, 로저 모티머는, 마치 백작이었고.
나는 헨리 5세 왕의 아들이니라,
도핀과 프랑스를 굴복시키고
그들의 도시와 지방을 장악했던 그분의.
워릭 프랑스 얘기는 마시오, 당신이 그걸 다 잃어버렸으니.
헨리 왕 호국경이 잃었지, 내가 아니고.
왕에 올랐을 때, 나는 태어난 지 불과 아홉 달이었어.
리처드 지금은 나이 충분하지만, 지금도, 당신이 지겠구만.
〔요크에게〕 아버님, 벗겨 버려요 왕관을 찬탈자의 머리에서.
에드워드 〔요크에게〕 우리 아버님, 그러소서—아버님이 쓰소서.
몬테규 〔요크에게〕 훌륭하신 형님, 무훈을 사랑하고 존경하시니,
싸워서 쟁취해야죠, 이렇게 서서 말로 흠집만 낼 게 아니라.
리처드 북 치고 나팔 불면, 왕이 달아날 겁니다.
요크 아들들아, 그만하거라!
노섬벌랜드 당신도 입 닥쳐—헨리 왕께서 말씀하신다.

헨리 왕 아, 요크, 왜 그대가 나를 폐위시키려 하는가?
우리 둘 다 플랜타저넷 혈통 아닌가,
그리고 형과 아우의 자식 아닌가?
그대가 왕의 권리와 정당성을 지닌단들—
내가 버릴 것 같은가 왕의 옥좌를,
내 할아버지와 아버지께서 앉았던 그것이거늘?
아니지—우선 전쟁이 내 이 왕국 신민을 모두 없애야 하리.
아무렴, 그리고 그들의 군기가, 종종 프랑스에서 들렸고,
지금은 잉글랜드에서 애통하게도 펄럭여 대는 그것들이,
나의 수의가 되어야 하리. 왜 기가 죽는가, 경들?
나의 명분은 타당하고, 그의 권리보다 훨씬 더 타당하니라.

워릭 증명하시오, 그러면 왕으로 해 줄 테니.

헨리 왕 헨리 4세께서 정복으로 왕관을 얻으시어.

요크 그건 반란에 의한 거였지 그의 왕에 대항한.

헨리 왕 〔방백〕 무슨 말을 해야 할지 모르겠구나—내 명분은 약해.
〔요크에게〕 말해 보라, 왕은 양자로 후계를 삼을 수 없는가?

요크 그게 어쨌다는 게냐?

헨리 왕 그럴 수 있다면, 그렇다면 내가 정당한 왕이지—
왜냐면 리처드는, 많은 영주들이 보는 앞에서,
양도하였다 왕관을 헨리 4세에게,
그 후계가 내 아버지고, 내가 그 후계고 말이다.

요크 그는 리처드에게 반란을 일으켰어, 그의 주군인데도,
그리고 왕관을 양도케 하였다 강제로.

워릭 설령, 영주들, 그분이 강제 없이 양도했다 치더라도—
지금 이분의 옥좌 요구가 잘못된 것이라 생각하시오?

엑스터 아니지, 그분이 그렇게 왕관을 양도했더라도

다음 후계가 이어 다스린다는 보장은 있어야 하는 거니까.

헨리 왕 그대가 짐에게 반역하는가, 엑스터 공작?

엑스터 그의 명분이 옳음이니, 노여움을 거두소서.

요크 왜 수군대는가, 그대들, 대답은 않고?

엑스터 〔헨리 왕에게〕 제 양심은 그가 적법한 왕이라 말합니다.

헨리 왕 〔방백〕 모두 내게서 등을 돌리고 그에게로 갈 셈이구나.

노섬벌랜드 〔요크에게〕 플랜타저넷, 네가 어떤 요구를 들이밀던,

헨리가 그렇게 폐위되리라고는 생각 말거라.

워릭 폐위될 것이야, 무슨 일이 있어도.

노섬벌랜드 잘못 보았다—네놈이 거느린 남쪽의

에섹스, 노포크, 서포크, 혹은 켄트 세력으로도,

그것을 믿고 네놈이 이리 주제넘고 기고만장하다만,

공작을 왕으로 세울 수는 없느니라 내가 있는 한.

클리포드 헨리 왕이시여, 당신의 명분이 옳든 그르든,

클리포드 경은 당신을 지키려 싸울 것을 맹세하나이다.

그 자리가 입을 벌려 나를 산 채로 집어 삼키게 하소서

내 아버지를 죽인 저자한테 내가 무릎을 꿇게 된다면.

헨리 왕 오, 클리포드, 그대의 말이 내게 큰 힘을 주는구려!

요크 랭커스터의 헨리, 네 왕관을 양도하거라.

뭘 중얼대시오, 아니면 무슨 꿍꿍이가 있소, 영주분들?

워릭 공정하게 대하라 우리의 군주 요크 공작을,

아니면 내가 이 건물을 무장 군인들로 채우고

상석 위에, 그분이 지금 거기 앉아 계시지만,

그분의 명분을 쓸 것이다 찬탈자의 피로.

그가 발을 구르고 병사들이 나타난다.

헨리 왕 나의 워릭 경, 한 마디만 들으라—
내가 살아 있는 동안은 왕으로 있게 해 다오.
요크 확인하라 나와 내 후계들에게 왕권이 있음을,
그러면 너는 살아생전 조용히 왕 노릇을 하게 될 것이다.
헨리 왕 좋소. 리처드 플랜타저넷,
왕국을 누리시오 나의 서거 후에.
클리포드 이게 무슨 짓이시오 당신 아들인 왕자에게?
워릭 얼마나 좋은 일인가 잉글랜드와 그 자신에게?
웨스트모얼랜드 비열한, 겁 많은, 그리고 자포자기한 헨리로다.
클리포드 이렇게 망치시오 당신 자신과 우리 둘 다를?
웨스트모얼랜드 내 도저히 더는 이 꼴을 못 봐주겠구나.
노섬벌랜드 나도 그렇소.
클리포드 갑시다, 친척, 왕비께 이 소식을 전해 드려야겠소.
웨스트모얼랜드 〔헨리 왕에게〕 작별이오, 심약한 변절자 왕,
당신의 차가운 피 속에 명예의 불꽃 전혀 없으니.

그의 병사들을 데리고 퇴장

노섬벌랜드 〔헨리 왕에게〕 먹이가 되시구려 요크 가문의,
그리고 차꼬 찬 채 죽을 밖에, 인간답지 못한 짓을 하였으니.

그의 병사들을 데리고 퇴장

클리포드 〔헨리 왕에게〕 끔찍한 전쟁의 와중 돌아가거나,

조용히, 버려지고 조롱당하며 살거나 둘 중 하나 되시었구려.

그의 병사들을 데리고 퇴장

워릭 (헨리 왕에게) 이리로 돌아서요, 헨리, 저자들은 신경 끄시고.

엑스터 (헨리 왕에게) 저들은 복수를 원하므로 항복 안 할 겁니다.

헨리 왕 아, 엑스터.

워릭 웬 한숨이시오, 폐하?

헨리 왕 나 자신 때문이 아니라, 워릭 경, 내 아들 때문이오,
내가 그의 상속권을 비정상적으로 박탈하였잖소.
하지만 어쩔 수 없지. (요크에게) 내 이 자리에서 물려주오
왕관을 그대와 그대 후계들에게 영원히.
단, 그대가 이 자리에서 맹세한다는 조건으로,
그대가 이 내전을 끝내고, 내가 살아 있는 동안
나를 그대의 왕이자 주군으로 존중할 것이며
결코 반역이나 적대감으로
날 밀어내고 그대가 직접 다스리지는 않겠다고 말이오.

요크 이 맹세를 나는 기꺼이 하고 또 지키겠소.

워릭 헨리 왕 만세. (요크에게) 플랜타저넷, 폐하를 껴안으세요.

요크가 내려온다. 헨리와 요크가 서로 껴안는다.

헨리 왕 (요크에게) 그대 또한 만세, 그대의 이 소중한 두 아들도.

요크 이제 요크와 랭커스터가 화해했도다.

엑스터 저주받으라 두 가문을 적으로 만들려는 자.

행진을 알리는 나팔 소리. 요크 일행이 상석에서 내려온다.

요크 〔헨리 왕에게〕 잘 계시오, 인자하신 폐하, 난 내 성으로 가리다.

요크와 그의 아들 에드먼드 및 리처드가 병사들을 데리고 퇴장

워릭 그러면 나는 런던을 지키겠소 내 병사들과 함께.

병사들을 데리고 퇴장

노포크 나는 부하들을 데리고 노포크로 가고요.

병사들을 데리고 퇴장

몬테규 난 내가 있던 바다로 돌아가야겠고.

병사들을 데리고 퇴장

헨리 왕 그리고 나는 슬픔과 비탄에 젖어 궁으로 가노라.

헨리 왕과 엑스터가 떠나려 몸을 돌린다.
마가릿 왕비와 에드워드 세자 등장

엑스터 왕비께서 오십니다, 얼굴에 화가 가득하시네요.
저는 슬그머니 빠지겠습니다.
헨리 왕 엑스터, 나도 그리하려오.
마가릿 왕비 안 돼, 날 두고 어딜 가요—당신을 쫓아갈 테요.
헨리 왕 진정하시오, 고결하신 왕비, 그러면 내 서리다.
마가릿 왕비 누가 진정할 수 있겠어요 이런 꼴을 당하고도?

아, 형편없는 인간, 내가 그냥 처녀로 죽고
당신을 보지도 말고, 당신 아들을 낳아 주지도 말 것을,
당신이 이리 괴상망측한 아버지란 걸 이제사 알다니.
이 아이가 무슨 짓을 했기에 상속권을 이렇게 빼앗기오?
당신이 나 이 애한테 한 반만큼만 그를 사랑했더라도,
혹은 내가 이 애 때문에 느낀 산통 반만큼만 느꼈더라도,
혹은 내 피로 이 애를 키운 반만큼만 키웠더라도,
당신은 차라리 당신의 소중한 심장피를 쏟고 말지
차마 그 난폭한 공작을 당신 후계자 삼고
당신 유일한 아들의 상속권은 폐하는 그런 짓 못했을 게요.

에드워드 세자 아버님, 아버님은 제 상속권을 박탈 못하세요.
아버님이 왕이신데, 왜 내가 상속을 못한다는 겁니까?

헨리 왕 용서하오, 마가릿, 미안하구나, 우리 아들—
워릭 백작과 공작이 나를 강제했구나.

마가릿 왕비 당신을 강제? 당신이 왕인데, 강제를 당해요?
당신 말 창피해서 못 듣겠소! 아, 소심한 인간,
당신은 망쳤어요 당신 자신을, 당신 아들을, 그리고 나를,
그리고 요크 가문에 여지를 주었소
그들이 묵과해야만 당신이 왕 노릇을 하게 될.
그자와 그자 후계들에게 왕관을 물려주다니—
그게 뭐겠소, 바로 당신 무덤을 만들고
수명보다 훨씬 더 먼저 그리 기어들어 가는 게 아니면?
워릭은 대법관이자 칼레 총독이고,
단호한 팰컨브리지가 도버 해협을 쥐고 있지요
공작은 왕국 호국경이 되었고요,

그런데도 당신이 안전할 거라고요? 그렇다면 안전하지요
늑대한테 둘러싸여 벌벌 떠는 어린 양도.
내가 그 자리에 있었다면, 비록 하릴없는 여인이지만,
병사들이 미늘창에 꿰고 던지고 그러고 나서야
그 작태에 대한 동의를 구할 수 있었을 게요.
하지만 당신은 당신의 명예보다 목숨을 앞세웠소.
그것을 보았으니, 나는 이 자리에서 별거하겠소,
식탁도, 헨리, 침대도 같이 안 하겠소,
내 아들의 상속권을 박탈한
그 의회 조례가 폐기될 때까지.
북쪽 영주들이 당신 군기에 대한 맹세를 저버렸으나
내 군기는 따를 겁니다, 펼쳐진 것을 보기만 한다면—
그리고 마땅히 펼쳐질 겁니다, 당신한테 더러운 치욕을,
그리고 요크 가문에 전적인 파멸을 안기면서 말이오.
그렇게 난 떠나오 당신을. (에드워드 세자에게) 자, 아들아, 가자꾸나.
우리 군대가 준비되었다—가자, 그들을 따라가야 해.

헨리 왕 멈추오, 고결한 마가릿, 그리고 내 말을 들어 주오.

마가릿 왕비 당신은 이미 말을 너무 많이 하셨습니다.
(에드워드 세자에게) 가자니까.

헨리 왕 착한 아들 에드워드, 너는 내 곁에 머물겠지?

마가릿 왕비 그러렴, 그의 적들한테 살해당하고 싶으면.

에드워드 세자 (헨리 왕에게) 전장에서 승리를 거두고 돌아오면
폐하를 뵙겠습니다. 그때까지는, 어머니를 따르겠어요.

마가릿 왕비 가자, 아들아, 어서—우린 이리 지체할 수 없어.

에드워드 세자와 함께 퇴장

헨리 왕 불쌍한 왕비, 나와 아들에 대한 사랑 때문에
분노의 언사를 마구 쏟다니.
그녀가 복수할 수 있기를, 그 가증스런 공작한테,
그의 교만한 정신은, 욕망의 날개를 달고,
내 왕관을 공격할 셈이니, 그리고, 굶주린 독수리처럼,
나와 내 아들의 살을 게걸스레 뜯어먹을 기세이니.
세 분 영주를 잃어 내 마음 쓰리구나.
내 그들에게 편지를 써서 정중히 간청하리라.
갑시다, 친척, 당신이 사자 노릇을 해 주시오.

엑스터 그러면 제가, 희망컨대, 그들 모두를 화해시키리다.

화려한 취주. 모두 퇴장

1막 2장

요크의 성, 요크셔 샌들

리처드, 마치 백작 에드워드, 그리고 몬테규 후작 등장

리처드 형님, 내 어리지만 내가 하게 해 주오.
에드워드 안 돼, 내가 더 잘 말할 수 있어.
몬테규 하지만 내 명분이 세고 강력하다구.

요크 공작 등장

요크 왜, 무슨 일이냐, 두 아들과 동생—다투는 게야?
뭐 때문에 싸우는가? 어떻게 시작된 거야?
에드워드 싸움이 아니고, 사소한 의견 차이예요.
요크 뭐에 대해?
리처드 저하 및 우리와 연관된 것에 대해서요—
잉글랜드 왕관, 아버님 것인 그것 말입니다, 아버님.
요크 얘야, 내 것이라니? 헨리 왕이 죽을 때까지는 아니지.
리처드 아버님 권리가 그의 삶과 죽음에 달린 건 아니죠.
에드워드 이제 아버님은 상속자시니—지금 그걸 누리셔야죠.
랭커스터 가문한테 숨 돌릴 틈을 주면,
그것이 앞질러 버릴 거예요 아버님을, 결국은.
요크 나는 맹세를 했어 그가 조용히 다스리게 해 주겠다고.

에드워드 하지만 왕국이 걸려 있다면 어떤 맹세도 깰 수 있죠.
전 천 가지 맹세도 깰 거예요 일 년을 통치할 수 있다면.
리처드 (요크에게) 아니죠—저하께서 맹세를 깨시다니 맙소사.
요크 내가 노골적인 전쟁으로 요구한다면 맹세를 깨는 게 되지.
리처드 그 반대임을 증명할 테니, 제 말을 들어 보세요.
요크 넌 증명 못한다, 아들아—그건 불가능해.
리처드 맹세가 조금이라도 유효하려면 행해지는 곳이
진정하고 합법적인 판관,
맹세하는 자가 그 권한을 인정하는 판관 앞이라야지요.
헨리는 그게 전혀 없고, 그 자리를 찬탈했을 뿐입니다.
그렇다면, 그가 아버님을 그리 맹세케 한 것이니,
아버님 맹세는, 저하, 헛되고 하찮은 것이지요.
그러니 무기를 드세요—그리고, 아버님, 생각만 해보세요,
얼마나 달콤한 일입니까 왕관을 쓴다는 것은,
그 둘레 안에 극락이 있는 거예요
시인이 상상하는 온갖 축복과 기쁨이 있는 거구요.
왜 이리 머뭇대시는 겁니까? 전 쉴 수가 없어요
내가 달고 있는 이 흰 장미가 온통
헨리 심장의 미지근한 피로 물들 때까지는.
요크 리처드, 알았다! 내가 왕이 되든지 죽든지 할 터.
(몬테규에게) 동생, 네가 즉시 런던으로 가서
워릭을 부추겨 이 계획에 끌어들여야겠구나.
너, 리처드는, 노포크 공작한테 가서
은밀히 우리 뜻을 알릴 것이다.
너, 에드워드는, 에드먼드 브룩, 코뱀 경한테 가라,

그가 이끌면 켄트 주 사람들이 기꺼이 봉기할 것이다.
그들을 나는 믿는다, 그곳 병사들은
꾀가 많고, 말 잘 듣고, 진취적이고, 사기가 높거든.
너희들이 맡은 바 임무를 수행하면, 남은 일은
내가 봉기할 시기를 노리고,
그러면서도 왕이 내 뜻을 모르게,
랭커스터 가문의 누구도 모르게 할 일뿐이다.

〔사자 등장〕

근데 잠깐, 무슨 소식이냐? 왜 이리 허둥지둥하는 게야?

사자 왕비가, 북쪽의 모든 백작 및 영주들과 함께,
이곳 저하의 성을 포위 공격하려 합니다.
매우 가까이 2만의 병력으로 접근하였으니,
성 수비를 견고히 하소서, 저하.

요크 알았다, 내 칼로 하지. 뭐야—내가 그들을 두려워할 것 같나?
에드워드와 리처드, 너희는 내 곁에 있어야겠다,
동생 몬테규는 파발마를 타고 급히 런던으로 가라.
고결한 워릭, 코뱀, 그리고 나머지,
왕의 보호자로 남겨 두었던 분들한테,
강력한 작전으로 무장하고
단순한 헨리도 그의 맹세도 믿지 말란다고 전해 드려라.

몬테규 형님, 갑니다—제가 그들을 설득할게요, 걱정마세요.
그리고 이렇게 몸을 굽혀 작별의 예를 드립니다. 〔퇴장〕

존 모티머 경과 그의 동생 휴 경 등장

요크 존과 휴 모티머 경, 나의 아저씨,
두 분 샌들에 마침 잘 오셨어요.
왕비의 군대가 우리를 포위공격하려 합니다.
존 경 군이 그럴 필요는 없을 터, 우리가 벌판에서 붙어 줄 테니.
요크 뭐라, 병력 5천으로요?
리처드 예, 병력 5백이라도 할 텐데요, 아버님, 필요하다면.
여자가 대장이에요—두려울 게 뭐가 있어요?

먼 데서 진군 소리

에드워드 저들 북소리가 들리네요. 우리 병력을 정렬시키고,
즉각 발하지요 전투 명령을.
요크 (존 및 휴 경에게) 다섯 명에 스물이라—비록 수적 열세가 크지만,
난 의심치 않아요, 삼촌들, 아군의 승리를.
숱한 전투를 난 이겼소 프랑스에서
적의 수가 우리 병사 한 명에 열일 때에도—
지금이라고 그런 성공을 거두지 못하란 법 있겠습니까?

모두 퇴장

1막 3장

샌들과 웨이크필드 사이 전장

어린 러틀랜드 백작과 그의 가정교사인 예배당 목사 등장

러틀랜드 아, 어디로 달아나야 저들의 수중을 빠져나가지?

〔클리포드 경이 병사들과 함께 등장〕

아, 선생님, 저기 피에 굶주린 클리포드가 와요.

클리포드 〔가정교사에게〕 목사는, 가라—성직자니 살려 주지.

이 저주받은 공작 애새끼는,

그 애 아버지가 내 아버지를 죽였으니—죽어 마땅하다.

가정교사 그러면 나도, 나리, 그를 따라가겠소.

클리포드 병사들, 이자를 데려가라.

가정교사 아, 클리포드, 죽이지 말아요 이 죄 없는 아이를

하나님과 인간 양쪽의 미움을 받지 않으려면. 〔호위 경계를 받으며 퇴장〕

러틀랜드가 땅바닥에 쓰러진다.

클리포드 뭐냐—벌써 죽은 게냐?

아니면 무서워 두 눈을 감은 거야?

내가 뜨게 해 주지.

러틀랜드 〔정신이 들며〕 우리에 갇힌 사자가 그렇게 쳐다보지요

게걸스런 그의 앞발 아래 떠는 가여운 것을,
그렇게 걷고요, 먹이를 갖고 노느라,
그리고 그렇게 다가와 찢죠, 그 어린 양을 갈가리.
아, 고결하신 클리포드, 날 당신 칼로 죽이세요,
그토록 잔혹한 위협의 표정으로 말고.
클리포드 님, 제 말을 들어 주세요, 제가 죽기 전에.
저는 너무도 하잘것없어 당신의 분노에 어울리지 않아요,
어른들한테 복수하시고, 저는 살려 주세요.

클리포드 네 말은 소용없다, 불쌍한 아해야. 내 아버지의 피가
막아 버렸구나 네 말이 들어와야 할 통로를.

러틀랜드 그렇다면 제 아버지의 피로 그것을 다시 여세요.
그분은 사내예요, 그러니, 클리포드, 그와 겨루십시오.

클리포드 설령 네 형들이 여기 있어, 그들과 네 목숨을
합친데도 나의 복수는 충분치 않느니라.
아니지—내가 네 조상들의 무덤을 파헤치고,
그들의 썩은 관을 사슬에 매달더라도,
내 분노가 줄거나 내 마음이 편해질 수는 없어.
요크 가문 어느 누구의 모습도
내 영혼을 괴롭히는 복수의 여신 같으니라.
그리고 내 그 저주받은 혈통을 근절하여,
한 놈도 살아남지 못할 때까지, 나는 지옥에 사니라.
그러니—

러틀랜드 오, 기도하게 해 주세요 내 죽음을 받아들이기 전에.
〔무릎 꿇으며〕 당신께 기도드려요. 클리포드 님, 절 불쌍히 여겨 주세요.

클리포드 내 장검 끝이 널 불쌍히 여기는 만큼은.
러틀랜드 전 당신을 해친 적이 없는데—왜 절 죽이려는 거죠?
클리포드 네 아버지가 해쳤어.
러틀랜드 하지만 그건 제가 태어나기도 전이예요.
아들이 하나 있잖아요—그를 위해 절 불쌍히 여겨 주세요,
그 복수로, 하나님은 정의로우시니까,
그가 저처럼 비참하게 죽을지도 모르잖아요.
아, 살게 해 주세요 평생 감옥에 있어도 좋아요,
그러다 제가 죄라도 짓게 되면,
그때 죽이세요, 지금은 이유가 없잖아요.
클리포드 이유가 없어? 네 아버지가 내 아버지를 죽였으니, 죽어라.

그가 그를 칼로 찌른다.

러틀랜드 신들이여 이것이 신들의 영광의 절정이게 하소서.
클리포드 플랜타저넷—내가 간다, 플랜타저넷!
그리고 내 칼날에 묻은 네놈 아들의 이 피는
내 무기를 녹슬게 하게 두었다가 네 피
이것과 한데 엉기면 둘 다 씻어 내리라.

러틀랜드의 시신 및 병사들과 함께 퇴장

1막 4장

장면 계속

전투 경보. 요크 공작 리처드 등장

요크 왕비의 군대가 전장을 장악했어.
내 아저씨 두 분이 모두 날 구하다가 살해당했고
나를 따르던 자들 모두 열렬한 적을 맞아
등을 돌리고, 달아난다 바람 앞에 배처럼,
굶주린 기아의 늑대들한테 쫓기는 어린 양들처럼.
내 아들들은—하나님만 아신다 그들이 어찌 되었는지.
하지만 이건 내가 알지—그들의 행동은
명성에 달하려 태어난 자들 같았다 살아서건 죽어서건.
세 번을 리처드가 내게 길을 내주었어,
그리고 세 번을 외쳤다, '힘내세요, 아버님, 헤쳐 나가세요!'
그리고 딱 그 숫자만큼 에드워드는 내 곁으로 왔어,
새빨간 언월도, 자루 밑까지 그와 대적한 자들의
피로 칠갑을 한 그것을 들고 말이지.
그리고 가장 끈질긴 용사들이 밀릴 때에도,
리처드는 소리쳤지, '돌격, 한 뼘 땅도 내주지 마라!'
에드워드는 내 기운을 북돋우려 애를 쓰며
외치더군 '왕관 아니면 영광스러운 무덤입니다,

왕홀 아니면 지상의 묘지라구요!'
이것으로, 우리는 다시 돌격했어—하지만 밀렸다, 아아—
우린 다시 무너졌어, 내가 언젠가 본 백조처럼
헛된 노고로 조류를 거슬러 오르다
너무 강력한 파도를 만나 진이 빠져 버리던 그 새 말이지.

〔안에서 짧은 전투 경보〕

아, 저게 뭐냐—치명적인 추적자들이 쫓아오고,
기운이 없어 달아나지 못하겠구나, 저들의 복수에서
기운이 있더라도 피하지 않았을 터, 저들의 복수를.
내 생애를 이루는 모래시계의 모래가 얼마 남지 않았다.
여기 내가 있어야 하고, 여기서 분명 내 삶이 끝나는구나.

〔마가릿 왕비, 클리포드 경, 노섬벌랜드 백작, 그리고 어린 세자 에드워드, 병사들과 함께 등장〕

오라 피비린 클리포드, 난폭한 노섬벌랜드—
내 감히 부채질하리라 꺼지지 않을 너희 분노를 더 격렬하게!
난 너희의 과녁이니, 너희 화살을 맞아 주겠다.

노섬벌랜드 항복하라 우리의 자비에, 오만한 플랜타저넷.

클리포드 아무렴, 저자의 무자비한 팔이
수직의 단 한방으로 내 아버지에게 베풀던 그런 자비에.
이제 태양신 아들 파에톤이 아버지 수레에서 굴러떨어져,
저녁이게 하는구나 해시계는 정오를 가리키건만.

요크 나를 태운 재에서, 불사조처럼, 솟아날
새 한 마리가 너희 모두에게 복수할 것이고,
그 희망으로 나는 내 시선을 하늘에 던진다,

너희가 내게 가하는 그 어떤 고통도 경멸하면서.
왜 덤비지 않는가? 뭐라—수가 그리 많은데도, 두려운가?

클리포드 그게 겁쟁이 전법이니라, 더 이상 도망칠 길 없을 때
그렇게 비둘기가 정말 꿰뚫는 매의 발톱을 부리로 쪼고
그렇게 절망적인 도적들이, 살아날 가망 전혀 없이,
퍼부어 대는 거야 욕설을 순경들한테.

요크 오, 클리포드, 딱 한 번만 다시 생각해 내어,
네 그 생각으로 살펴볼 일이다 나의 이전 시절을,
그리고, 수치를 안다면, 이 얼굴을 보고
네 혀를 깨물 일이다, 비겁하다고 중상모략했으니, 왕년에
찡그린 표정만으로 널 꼬리 내리게 만들던 그를 말이다.

클리포드 네 말에 일일이 대꾸할 생각 없고,
다만 접근전을 해보겠다면 한 방을 네 배로 갚아 주마.

그가 칼을 뽑는다.

마가릿 왕비 참으세요, 용감한 클리포드, 천 가지 이유로
난 잠시 연장해 주려오 저 반역자의 생명을.
화가 나서 들리시질 않는군—그대가 말하시오, 노섬벌랜드.

노섬벌랜드 참으세요, 클리포드—저자한테는 명예죠,
저자 심장을 쑤신다 해도 영주님 손가락이 아프다면.
그걸 용기라 할 수 있겠습니까, 똥개가 으르렁대는데
누가 자기 손을 그 이빨 사이에 집어넣는다면
그냥 발로 차서 쫓아 버리면 되는데?
전쟁이란 온갖 유리한 점을 활용해야 이기는 법,
열 명이 한 명을 상대한단들 용기를 탄핵할 일이 아니죠.

그들이 싸우고 요크를 사로잡는다.

클리포드 그래, 그래, 덫에 걸린 딱따구리 발버둥이 그렇지.

노섬벌랜드 그물에 걸린 토끼 몸부림이 그렇고.

요크 파김치 된 노획물을 놓고 잰 체하는 도적놈들이 그렇다.

정직한 사람들이 그렇게 눌리지, 너무 많은 도적들한테.

노섬벌랜드 〔왕비에게〕 마마는 이제 저자를 어쩌시렵니까?

마가릿 왕비 용감한 전사, 클리포드와 노섬벌랜드,

저자를 세우시오 여기 이 침소봉대의 두더지 흙두둑 위에,

두 팔 벌려 산을 이루겠다 하였으나,

두 손으로 기껏 그림자나 가른 저자를.

〔요크에게〕 뭐라—너였더냐 잉글랜드의 왕이 되려 했던 게?

너였더냐 국왕과 왕비의 의사당에서 흥청망청대고,

네 높은 혈통을 설교했던 게?

어디 있느냐 지금 너를 후원해 줄 네 아들 4인방은?

무엄한 에드워드와 음탕한 조지는?

그리고 어딨느냐 그 용감한 곱사등이 괴물,

디키, 네 아들, 그 투덜대는 소리로

폭도들 속에서 지 애비 용기를 북돋우던 그 아이는?

혹은 나머지는 그렇고 어딨느냐 네 그 소중한 러틀랜드는?

보거라, 요크, 내가 이 수건을 물들인 피는

용감한 클리포드가 그의 장검 끝으로

그 아이 가슴에서 솟아나게 한 것이란다.

그리고 네 눈이 그의 죽음을 위해 눈물 흘릴 수 있다면,

내가 이것을 네게 하사할 테니 그것으로 네 뺨을 닦으렴.

아아, 불쌍한 요크, 내가 널 지독하게 증오하지 않았다면
내 너의 비참한 상황을 애도하여 주었을 텐데.
부디, 슬퍼해 다오, 그래야 내가 즐겁지, 요크.
뭐라—네 불타는 심장이 내장을 그리도 바싹 말려
눈물 한 방울 러틀랜드의 죽음을 위해 흘러내릴 수 없는 게냐?
왜 말이 없는가, 이놈? 네놈은 미쳐야 해,
그리고 내가, 널 미치게 하려고, 이렇게 널 조롱하지.
발을 굴러, 날뛰고, 안달을 해, 그래야 내가 노래하고 춤을 추지.
돈을 내라 이거군, 알았어, 나를 즐겁게 해 주니.
요크는 말을 못하네 금화나 왕관 없이는.
〔하인들에게〕 요크에게 왕관을, 경들은, 고개 숙여 절하고.
이분 손을 잡고 있으라 내가 왕관을 씌어 드리는 동안.
〔그녀가 종이 왕관을 요크의 머리에 씌운다〕
그래, 정말, 이봐요, 이제 그가 왕 같네,
그래, 이것이 헨리 왕의 자리를 차지한 자야,
이것이 그의 양자로 들인 후계자고.
헌데 어찌된 일이지 그 위대한 플랜타저넷이
그리 빨리 왕관을 써서 자신의 엄숙한 맹세를 깨뜨리다니?
내 생각에, 넌 왕이 되면 안 되겠다
우리 왕 헨리가 죽음과 악수를 하기 전에는.
그런데도 넌 네 머리를 헨리의 영광으로 두르고,
그의 사원에서 그의 왕관을 훔치겠단 말이냐
지금, 그가 살아 있는데, 네 신성한 맹세를 깨고?

오 그것은 잘못이로다 너무도 너무도 용서할 수 없는.
떼어 내라 왕관을,

(그녀가 왕관을 쳐서 떨어뜨린다)

그리고 왕관과 함께 그의 머리도,
그리고 우리가 쉬는 동안, 죽여 버려야겠지.

클리포드 그건 나의 의무입니다 나의 아버님을 위한.

마가릿 왕비 아니, 잠깐—들어 봅시다 그자의 기도를.

요크 프랑스의 암늑대, 그러나 프랑스의 늑대들보다 더 악질인,
네 혀는 독사 이빨보다 더한 독을 품었구나—
얼마나 안 어울리는가 네 여성으로
아마존 여성전사 창녀처럼 의기양양하다니
운명이 포로로 만든 자들의 비탄을 짓밟으며!
네 얼굴 투구 가리개나 마찬가지로, 표정 변화가 없고,
사악한 행위에 쓰여 뻔뻔스러워지지 않았다면,
나는 해보았을 것이다, 오만한 왕비, 네 낯 붉히기를,
네 출신, 네 근원 일러주기를,
수치가 널 충분히 수치스럽게 한다면—넌 수치심이 없어.
네 아버지 직함은 왕이지, 나폴리의,
시칠리아와 예루살렘 양국의—
하지만 재산은 잉글랜드 자유민 한 명보다 적구나.
니 가난한 군주가 네게 모욕을 가르쳐 주던?
그럴 필요 없지, 네게 득 될 것도 아니고,
거지가 말에 오르면 너무 달리다 말을 죽인다는
속담이 입증을 요하는 것이라면 몰라도.
아름다움이 종종 여성을 오만하게 만들기는 하지—

하지만, 하나님 그분이 아시지, 네년 그것은 별거 아냐—
미덕이야말로 여성을 가장 찬탄스럽게 만드는 것인데—
네년은 그 정반대 때문에 사람들이 놀라 쳐다볼 정도야,
자제가 여성을 거룩하게 보이게끔 하는데—
그게 없으니 네년은 혐오스러워.
네년이 모든 선과 정반대인 것은
우리의 정반대가 우리와 정반대인 것과 같다,
혹은 남쪽이 북쪽 지방과 정반대인 것과.
오 여성의 가죽을 뒤집어쓴 호랑이 심장이로다!
어떻게 네년은 어린애의 생명피를 다 짜내어
그것으로 그 아버지의 두 눈을 닦으라 하면서도,
여성의 얼굴을 하고 있을 수 있단 말이냐?
여성은 부드럽고, 온화하고, 자비 넘치고, 유연하지—
너는 엄혹하고, 완고하고, 냉혹하고, 난폭하고, 무자비해.
나더러 분노하라 했나? 그래, 이제 네 소원대로 됐구나.
내가 울면 좋겠다고? 그래, 이제 네 뜻대로 되었어.
격노한 바람이 끝없는 소나기를 불러일으키니,
그리고 분노가 누그러지면 비가 내리지.
이 눈물은 내 귀여운 러틀랜드를 위한 장례식이고,
그 방울마다 울부짖는다 그의 죽음에 대한 복수를,
너, 잔혹한 클리포드와, 너, 거짓된 프랑스년을 겨냥하여.

노섬벌랜드 빌어먹을, 저자 슬픔이 어찌나 감동적인지
내 눈에 눈물을 멈추기 힘들 정도네.

요크 그 아이 얼굴은 굶주린 식인종도
건드리지 않고, 피를 묻히지 않았을 게다—

그러나 너희는 더 비인간적이야, 더 무정하지,
오, 히르카니아의 호랑이들보다 10배나 더.
보거라, 무자비한 왕비, 불행한 아비의 눈물을.
이 천을 네년이 내 귀여운 아이의 핏물에 담갔고,
나는 눈물로 씻어 낸다 그 피를 깨끗이.
이 손수건을 갖고 자랑하며 다니거라,
그리고 네년이 그 슬픈 얘기를 사실대로 한다면,
내 영혼을 걸고 맹세컨대 듣는 이들 눈물 흘리리라,
아무렴, 심지어 나의 적들도 흘리리라 급속 낙하의 눈물을
그리고 말하리라, '아아, 그건 차마 해서는 안 될 짓이었다.'
저, 왕관을 가져가거라—그리고 왕관과 함께, 내 저주도.
그리고 너희가 곤궁할 때 너희에게 올 위로가
내가 지금 너무도 잔인한 너희 손에서 거두는 류이기를.
냉혹한 클리포드, 날 지상에서 떠나게 해 다오,
내 영혼을 하늘나라로, 내 피는 네 머리 위로.

노섬벌랜드 그가 설사 내 친척 전원을 도살했더라도,
난 어쩔 수 없이, 평생, 그와 더불어 울 것이로다,
마음의 슬픔이 그의 영혼을 어떻게 쥐어짜는지 본다면.

마가릿 왕비 뭐라—우실 참이오, 우리 노섬벌랜드 경?
그자가 우리 모두한테 한 짓을 생각만 해도,
재빨리 말려 줄 거예요 당신의 마음 녹이는 눈물을.

클리포드 이건 내 맹세를 위해, 이건 내 아버지의 죽음을 위해.

그가 요크를 칼로 찌른다.

마가릿 왕비 그리고 이건 성품 고결한 우리 왕을 대신하여.

그녀가 요크를 칼로 찌른다.

요크 열어 주소서 당신 자비의 대문을, 인자하신 하나님—
제 영혼은 이 상처들을 통해 날며 당신을 찾사옵니다.

그가 죽는다.

마가릿 왕비 저자 머리를 떼어 내 요크 성문 위에 놓아라,
요크가 요크 시를 내려다 볼 수 있도록.

화려한 취주. 요크의 시신을 들고 모두 퇴장

제2막

운다는 것은 슬픔의 깊이를 얕게 하는 일,
눈물은, 그렇다면, 아기나 흘리라 하고—난 공격과 복수요!
리처드, 내 그 이름을 받았고, 내 복수할 테요 당신 죽음을
아니면 그 시도로 명성을 얻고 죽거나.

2막 1장

웨일즈와 잉글랜드 사이 경계 지방

행군. 마치 백작 에드워드와 리처드, 고수 및 병사들과 함께 등장

에드워드 이상하구나 우리 군주 아버님이 어떻게 피하셨는지
아니면 피하셨는지 못하셨는지
클리포드와 노섬벌랜드의 추적을 말이다.
잡히셨다면 의당 소식이 왔겠고
살해되셨더라도 의당 소식이 왔겠고
혹은 피하셨다면, 아마도 듣게 됐을 텐데,
근사한 탈출담의 행복한 전갈을 말이다.
동생은 괜찮은가? 왜 그리 시무룩해?

리처드 즐거울 수가 없지요 확실하게
정의롭고 용감한 우리 아버님 어디 계신지 알 수가 없으니.
내가 보았소 전장을 누비시는 걸,
그러다 그분 눈에 클리포드가 잡혔지요.
아주 두터운 부대를 휘젓고 들어가는 게 얼핏
가축 떼 속 한 마리 사자 같았소,
혹은 개들한테 둘러싸인 곰,
개 몇 마리는 물어뜯어 낑낑대게 만들었지만,
나머지 개들이 물러서서 그를 향해 짖어 대는 형국.

그렇게 다루시더군 우리 아버님은 적군을
그렇게 도망치더군 적들은 호전적인 내 아버님으로부터.
그분 아들이란 게 난 완전히 당첨된 기분이오.

〔해 세 개가 공중에 나타난다〕

보세요 아침의 황금의 대문을 열고
맞아들이네요 영광의 태양을.
정말 청춘의 절정을 닮았소,
한껏 차려입고 껑충 말 타고 연인한테 가는!

에드워드 눈이 부시구나, 아니면 해가 세 개인 건가?

리처드 영광의 태양 세 개네요, 각각이 완벽한,
떠도는 구름 한 점에 찢긴 게 아니라,
창백한 맑은 빛 하늘에 따로따로 놓인.

〔해 세 개가 합치기 시작한다〕

저런, 보세요—해들이 합쳐요, 껴안고, 입 맞추는 것 같아,
마치 그들이 어떤 불가침 동맹을 선서하는 것처럼.
이제 세 개가 단 하나의 램프, 빛, 단 하나의 태양이구요.
하늘이 뭔가를 예시해 주는 겁니다.

에드워드 정말 이상하구나, 이런 일은 들어 본 적이 없어.
우리를 재촉하는 걸 게다, 동생, 전투에 매진하라고,
하여 우리, 용감한 플랜타저넷의 아들들이,
각자 이미 자신의 무공으로 타오르나,
그럼에도 불구하고 우리의 빛을 한데 합치고
빛으로 대지를 압도하라는, 이 현상이 세계를 그랬듯이.
그게 무슨 징조이든, 앞으로 나는 새기고 다닐 테다
내 방패에 아름답게 빛나는 해 세 개를.

리처드 해는 아들이니, 딸내미 셋을 새겨야죠—농담입니다—
형은, 아들보다는 새끼 낳는 물건을 더 좋아하시니.
(사자임을 알리는 뿔피리 불며 한 사람 등장)
근데 넌 누구길래 침통한 표정으로 미리 말하느냐
네 혀에 매달려 있는 어떤 끔찍한 이야기를?
사자 아, 비통한 방관자였지요
고결하신 요크 공작께서 살해당하실 적에—
두 분의 군주 아버님이자 사랑하는 제 주인 말입니다.
에드워드 오, 그만 닥치라, 너무 많이 들었으니.
리처드 말하라 돌아가신 경위를, 난 샅샅이 들으리로다.
사자 그분은 무수한 적군에 둘러싸였어요,
그리고 그들에 맞섰지요 트로이의 희망 헥토르가
트로이 입성을 꾀하는 그리스인들에 맞섰듯.
하지만 헤라클레스라도 그 정도 열세엔 굴복했을 터
그리고 무수한 가격은, 비록 손도끼라 하더라도
가장 단단한 재질의 떡갈나무를 베어 거꾸러트리는 법.
숱한 자들의 손이 두 분 아버님을 굴복시켰지만,
도살당하신 것은 오로지 그 성마른 팔,
무자비한 클리포드와 왕비의 그것에 의해서였는바,
그들은 크게 경멸하며 그 인자하신 공작께 왕관을 씌웠고,
정면으로 비웃었고, 슬픔에 겨워 그분이 우시자,
냉혹한 왕비가 뺨을 닦으라고 그분께 내민
손수건에 흠뻑 적셔진 것은 죄 없는, 상냥한 어린
러틀랜드의 피였죠, 난폭한 클리포드에게 살해당한.
그러고도 숱한 조롱과, 숱한 비열한 욕설을 퍼부은 다음,

그들이 그분 머리를 베었고, 요크 성문 위에
그것을 놓았습니다 지금도 거기 놓여 있고요,
살아생전 그토록 슬픈 광경은 처음이었습니다.

에드워드 요크 공작님, 우리가 기댈 버팀목,
이제 당신은 가셨고, 우리는 없군요 지팡이도, 지지대도.
오 클리포드, 야만적인 클리포드—네놈이 죽였도다
유럽의 꽃이라 불리던 기사도 정신의 그분을,
게다가 기만으로 눌렀지 그분을—
일대일로는 그분이 널 눌렀을 테니까.
이제 내 영혼의 궁전은 감옥이 되었구나.
아, 영혼이 거기서 탈옥하여 이 내 몸이
죽음으로 닫혔으면
왜냐면 차후로 나는 결코 다시 즐겁지 못하리라—
결코, 오 결코, 나는 더 이상 기쁨을 맛보지 못할 것이다.

리처드 난 울 수 없소, 내 몸의 온갖 수분으로도
끄기가 힘드니, 화덕처럼 불타는 내 심장을 말이오
내 혀가 내려놓을 수도 없소 내 마음의 엄청난 짐을,
왜냐면 말로써 내가 뿜어 낼 아주 미미한 숨도
숯불이오 모조리 태워 버리는, 내 가슴과
내 몸을, 눈물이라면 꺼트렸을 불길로 말이오.
운다는 것은 슬픔의 깊이를 얕게 하는 일,
눈물은, 그렇다면, 아기나 흘리라 하고—난 공격과 복수요!
리처드, 내 그 이름을 받았고, 내 복수할 테요 당신 죽음을
아니면 그 시도로 명성을 얻고 죽거나.

에드워드 자신의 이름을 그 용감한 공작께서 네게 남겼고,

자신의 공작령과 공작 직위는 내게 남기셨구나.

리처드 아니죠, 형이 그 독수리 군주의 새끼라면,
보여 줘야죠 형의 혈통을, 육안으로 태양을 봄으로써.
'공작 직위와 공작령' 아니라, '옥좌와 왕국'이라 하세요—
그게 형 것이거나 형이 아버지 것 아니거나 둘 중 하나죠.

행군. 워릭 백작과 몬테규 후작이, 고수들, 기수, 그리고 병사들과 함께 등장

워릭 어떠시오, 훌륭한 자제분들? 전황은? 무슨 소식 있소?

리처드 위대하신 워릭 영주님, 우리가 말씀드리지 않을 수 없는
이 치명적인 소식은, 단어 하나를 뱉을 때마다
우리의 생살을 비수로 찌르고 나서야 끝날 것이고,
단어들 각각은 상처보다 더한 고통을 안길 것입니다.
오 용감하신 영주님, 요크 공작께서 살해되셨어요.

에드워드 오 워릭, 워릭! 그 플랜타저넷,
그대를 자기 영혼의 구원만큼이나 소중히 여겼던 그분이
냉혹한 클리포드 영주한테서 죽음을 맞고 말았습니다.

워릭 열흘 전 그 소식을 내가 눈물로 익사시켰지요.
그리고 이제, 두 분 고통에 설상가상으로,
내가 두 분께 그 후 벌어진 일을 말씀드려야겠구려.
그 피투성이 전투가 웨이크필드에서 벌어지고,
두 분의 용감한 아버님께서 마지막 숨을 쉬신 후,
소식이, 최대한 빠른 파발로,
내게 전해졌소, 아군의 패배와 그분의 죽음에 대해.
나는 그때 런던에서, 왕을 지키고 있다가,

내 병사를 소집하고, 친구들을 모았어요,
그리고, 내 생각으로는 아주 훌륭한 진용을 갖추어,
세인트 앨번즈로 행군했어요 왕비를 차단하러,
내 쪽에 유리하게끔 왕을 대동하고—
왜냐면 정찰대 얘기로는
그녀가 아주 작심을 했다는 겁니다, 와서
우리의 최근 의회 법령을 깨부수어,
헨리 왕 선서와 두 분 계승 건을 없던 일로 하려고 말이죠.
간략히 말하자면, 우리는 세인트 앨번즈에서 만났고,
우리 부대가 합류했고, 양쪽이 치열하게 싸웠어요,
근데 왕의 태도가 미온적이라 그랬는지,
왕이, 호전적인 왕비를 아주 부드럽게 쳐다보아서
내 병사들의 뜨거운 사기가 식어 버리고 만 건지,
아니면 그녀의 승전 소식 때문인지,
혹은 클리포드의 엄명이 엄청난 공포를 불렀기 때문인지—
자기 지휘관들을 피칠갑으로 죽어라 싸우게 합디다—
난 판단이 안 서요, 하지만, 진실을 결론 삼아 말하자면,
그들의 무기는 번개처럼 왔다갔다 했고
우리 병사들은, 밤부엉이 게으르게 날듯,
혹은 한가한 도리깨질처럼,
부드럽게 덥쳤소, 마치 친구들을 공격하기라도 하는 듯.
난 그들의 사기를 고취시켰소 우리 명분의 정당성으로,
높은 보수, 그리고 엄청난 상금을 약속하며.
하지만 모두 소용이 없었소. 그들은 싸울 마음이 없었고,
그들로는 우리가 그날 승리할 가망이 없었소.

그래서 우린 달아났지요—왕을 왕비에게 내주고,
두 분의 형제 조지 경과, 노포크, 그리고 나 자신이,
급히, 파발처럼 급히, 와서 두 분과 합류한 겁니다.
여기 웨일즈 국경 지대에 두 분이 계시다고 들었거든요,
다시 싸우려고 또 다른 군대를 일으키는 중이시라고.

에드워드 노포크 공작은 어딨습니까, 고결한 워릭?
그리고 언제 조지가 부르고뉴에서 잉글랜드로 왔지요?

워릭 약 6마일쯤 떨어져 공작은 그의 병사들과 함께 있고,
두 분의 형제분에 대해서는—그를 최근 보내셨지요
두 분의 착하신 이모, 부르고뉴 백작부인께서,
지원군과 함께 이 어려운 전장으로.

리처드 엄청 열세셨군요 용감한 워릭께서 달아나셨다니.
적군 추격으로 명성이 자자한 것은 제가 알지만
이제껏 후퇴의 추문은 들은 적이 없거든요.

워릭 이제 내 추문도, 리처드, 결코 못 들으실 게요—
아시게 될 테니까, 나의 이 강력한 오른손이
왕관을 그 허약한 헨리의 머리에서 뜯어내고
그의 손목을 비틀어 그 경외스러운 왕홀을 빼앗는 것을,
설령 전쟁에서의 그의 명망과 용맹이
온순, 평화와, 기도로 유명한 것 못지않다 하더라도 말이오.

리처드 제가 잘 알지요, 워릭 영주님—꾸짖지 말아 주소서.
영주님의 영광에 품은 제 사랑 때문에 그리 말한 것입니다.
근데 이 고난의 시기에 어찌하면 좋겠습니까?
우리가 가서 강철 갑옷을 벗어 던지고
우리 몸에 검은 상복 가운을 두른 채,

염주알로 아베마리아를 세야 합니까?
아니면 우리는 적군의 투구에
새길 것입니까, 요크의 이름을 복수심 가득 찬 우리 무기로?
후자라면, '그렇다' 하시고, 그리합시다, 영주님들.

워릭 그리하고말고, 그래서 워릭이 두 분을 찾아온 거요,
그래서 내 동생 몬테규가 온 것이고.
내 말 잘 들으시오, 여러분. 오만하고 무례한 왕비가,
클리포드 및 시건방진 노섬벌랜드와,
역시 거만한 새들을 떼로 동원하여,
왕을 왁스처럼 흐물흐물하게 만들었소.
(에드워드에게) 그는 당신의 승계에 합의 선서를 했어요,
그 선서는 의회에 공식 기록으로 남아 있고요.
그런데 지금 런던으로 일당 전원이 갔습니다,
꺾어 버리기 위해서죠 그의 선서와 그 밖에
랭커스터 가문에 해가 될 수 있는 것들을.
그들의 병력은, 내 생각에, 3만 정도요.
이제, 노포크와 나 자신의 지원군과,
그대, 용감한 마치 백작께서 그 정다운 웨일즈인들 중
마련할 수 있는 온갖 아군들을 합쳐도,
2만 5천을 넘지 않을 겝니다만,
뭐, 됐지요, 런던으로 진군하는 거고,
다시 한 번 거품 뿜는 우리 말에 걸터앉는 거고,
다시 한 번 적들에게 '돌격!'을 외치는 거고—
그리고 결코 다시는 등 돌려 달아나지 않는 것이고요.

리처드 예, 이제 정말 위대한 워릭다운 말씀을 듣는 것 같네요.
어느 누구도 살아서 햇빛 쨍쨍한 날을 보지 못하리라
워릭이 멈추라 명하는 데도 '후퇴!'라 외치는 자는.
에드먼드 워릭 영주님, 그대의 어깨에 제가 기댈 것이니,
그대가 실패한다면—하나님 그 시간을 허락 마소서—
에드워드는 무너질 게요, 하나님 그 위난을 막아 주소서!
워릭 더 이상 마치 백작이 아니고, 요크 공작이십니다.
다음 단계는 잉글랜드의 당당한 옥좌구요—
왜냐면 잉글랜드의 왕으로 당신을 선포하겠소
우리가 행군하는 자치도시마다,
그리고 환호로 모자를 던져 올리지 않는 자
그 죄를 물어 목을 압수하겠소.
에드워드 왕, 용감한 리처드, 몬테규—
우리 더 이상 명성을 꿈꾸며 여기 지체할 게 아니라
나팔을 울리고 채비를 합시다.
리처드 그렇다면, 클리포드, 설령 네 심장이 강철처럼 단단한들,
네놈이 그 냉혹함을 행동으로 직접 보여 주었거니와,
내 가서 그걸 꿰뚫지 못하면 내 심장을 네게 주겠노라.
에드워드 이제 북을 울려라—하나님과 조지 성인은 우리 편 되소서!

사자 등장

워릭 뭐냐? 무슨 소식인가?
사자 노포크 공작께서 전하라 하시옵기를
왕비가 강력한 군대를 이끌고 오는 중이라,

조속히 뵙고 의논하기를 앙망하신답니다.

워릭 그거 잘되었다. 용감한 전사들, 우리 출발하십시다.

행군. 모두 퇴장

2막 2장

요크 성벽 앞

위로, 요크의 머리가 내밀어져 있다.
화려한 취주. 헨리 왕, 마가릿 왕비, 클리포드 경 및 노섬벌랜드 백작, 그리고 어린 세자 에드워드가, 고수 한 명 및 나팔수들과 함께 등장

마가릿 왕비 환영합니다, 폐하, 이 용감한 요크 시에 오신 것을.
저기 보이는 것이 그 대적의 목입니다,
폐하의 왕관을 두르려 했던.
폐하의 기운을 한껏 북돋는 물건 아니겠습니까, 폐하?

헨리 왕 그래요, 난파가 두려운 사람들 기운을 암초가 북돋듯.
이 모습은, 내 영혼 자체를 질색케 하오.
복수를 말려 주소서, 나의 하나님—제 잘못이 아닙니다,
고의로 제가 선서를 어긴 것도 아니고요.

클리포드 나의 자애로우신 주군, 이런 과도한 관대와
해로운 자비는 제쳐 두셔야 합니다.
사자들이 누구한테 부드러운 눈길을 주겠습니까?
자기들 굴을 빼앗으려는 짐승들한테는 아니죠.
숲 속 곰이 누구 손을 핥겠습니까?
눈앞에서 자기 새끼들을 결딴내는 자의 손은 아닙니다.

누가 잠복 중인 뱀의 치명적인 침을 피할까요?
그의 발을 뱀 등에 올려놓는 사람은 아니죠.
아무리 작은 벌레도 꿈틀거립니다, 밟힌다면,
그리고 비둘기도 쪼아 댈 거예요 자기 새끼를 지키기 위해.
야욕의 요크는 정말 노렸지요 폐하의 왕관을,
폐하는 미소를 지어요, 그는 화난 눈살을 찌푸리는데.
그자, 겨우 공작이건만, 제 아들을 왕으로 만들고,
자손들 지위를 경애하는 폐하처럼 높이려 했지요,
폐하는, 왕이고, 훌륭한 아들이 있는데도,
정말 허락하신 거예요 그의 상속권 박탈을,
그러니 폐하께서는 아주 애정 없는 아버지가 되시는 거죠.
생각 없는 짐승도 자기 새끼들을 먹이고,
비록 사람을 만나면 무섭지만,
그럼에도, 귀여운 새끼들을 보호하려고,
우리 모두 보았다시피, 심지어 그 날개,
어떤 때는 두려워 도망치는 데 사용했던 그것으로,
싸우지 않던가요 그들 둥지로 올라오는 사람과,
새끼들을 지키려 자신의 목숨을 바치면서?
수치를 아시고, 주군, 그들을 선례로 삼으소서!
애석한 일 아닙니까, 이 훌륭한 소년이
자기 아버지 잘못으로 장자 상속권을 잃게 된다면,
그리고 먼 훗날 제 아들에게
'내 증조부와 조부께서 얻으신 것을
내 애정 없는 아버지가 어리석게 내주셨다' 말하게 된다면?
아, 이 얼마나 수치스런 일입니까! 그 소년을 보시고,

그의 사내다운 얼굴로 하여금, 그것이 약속하는 것은
번창의 운이니, 강철 단련케 하소서 폐하의 녹은 심장을
폐하 것을 지키고 폐하 것을 그에게 남겨 주게끔.

헨리 왕 클리포드의 연설은 아주 훌륭하였소,
강력한 논지를 갖추었고.
하지만, 클리포드, 말해 보오—그대는 들은 적 없다는 거요
부정하게 얻은 것이 나쁜 결과를 가져왔단 소리를?
그리고 늘 그 아들한테 잘된 일이던가요
그 애비가 재물 축적 때문에 지옥에 떨어진 것이?
난 내 아들에게 나의 덕행을 물려줄 테요,
내 아버지께서도 그 정도로만 물려주셨더라면 싶고.
나머지 모든 것은 지키려는 염려가 천 배거든
소유하는 기쁨에 비해서.
아, 요크 친척, 그대의 가장 친한 친구들이 알면 좋을 텐데,
그대 머리가 여기 있어 내 마음 얼마나 슬픈지 말이오.

마가릿 왕비 폐하, 용기를 내세요—우리의 적들이 가까이 왔어요,
이 나약한 의지는 폐하 추종자들 사기를 떨어트릴 거구요.
폐하가 약속했지요 어른스런 우리 아들에게 기사 작위를.
폐하 칼을 칼집에서 뽑아 그를 서작하세요 당장.
에드워드, 무릎을 꿇거라.

에드워드 세자가 무릎을 꿇는다.

헨리 왕 에드워드 플랜타저넷, 일어나라 기사 신분으로—
그리고 이 교훈을 새기라. 네 칼을 정의로이 뽑을지니.

에드워드 세자 인자하신 나의 아버님, 왕이신 아버님 허락하에,

저는 법정 추정 왕관 상속자로서 칼을 뽑고,
그 명분으로 죽을 때까지 쓸 것입니다.

클리포드 과연, 용감한 세자다우신 말씀이오.

사자 등장

사자 총사령 국왕이시여, 준비하소서—
왜냐면 삼 만의 무리를 거느리고
워릭이 요크 공작을 지원하며 오고
도시들에서, 그들이 정말 행군하면서,
그를 왕으로 선포하고, 숱한 이들이 그쪽으로 합류합니다.
전열을 갖추소서, 그들이 코앞에 닥쳐왔음입니다.

클리포드 〔헨리 왕에게〕 폐하께서는 전장을 떠나시는 게 좋겠습니다—
왕비께서는 폐하가 없을 때 최고의 승리를 거두시는지라.

마가릿 왕비 〔헨리 왕에게〕 그래요, 폐하, 우린 우리 운에 맡기시고.

헨리 왕 뭐라, 그건 나의 운이기도 하오—그러니 나는 머물겠소.

노섬벌랜드 그렇다면 싸울 결의를 갖고 계셔야죠.

에드워드 세자 〔헨리 왕에게〕 부왕께서, 귀족분들을 격려하시고,
북돋아 주소서 폐하를 방어하려는 이들의 사기를.
칼집에서 칼을 뽑으소서, 아버님, '조지 성인!' 외치소서.

행군. 요크 공작 에드워드, 워릭 백작, 리처드, 노포크 공작 조지, 몬테규 후작, 그리고 병사들 등장

에드워드 이놈, 맹세를 저버린 헨리야, 무릎 꿇고 자비를 빌며,
네 왕관을 내 머리에 얹을 테냐—

아니면 전장의 치명적인 운명을 기다릴 테냐?

마가릿 왕비 가서 네 똘마니들이나 꾸짖거라, 오만 방자한 꼬마!

어찌 네가 감히 당돌한 언사를 내뱉는 것이냐,

네놈의 주군이시자 네놈의 정당한 국왕 앞에서?

에드워드 내가 그의 왕이고, 그가 무릎을 꿇어야 하느니.

나는 그의 동의에 따라 상속자로 입양되었노라.

조지 〔마가릿 왕비에게〕 그의 맹세가 깨진 때부터—듣기로,

왕 노릇하는 네가, 비록 왕관을 쓴 것은 그지만,

그로 하여금 새로운 의회 법령을 수단 삼아

우리 형을 지우고, 그의 아들 이름을 넣었다니 말이다.

클리포드 의당 그래야 하는 것이고—

아들 말고 누가 아버지를 잇는단 말이냐?

리처드 거기 있느냐, 백정놈? 오, 말이 안 나오는구나!

클리포드 그래, 곱사등이, 내 여기 서서 네놈 맞상대를 하고 있지,

혹은 네놈 패거리 중 가장 오만한 그 누구라도.

리처드 네놈이다 어린 러틀랜드를 죽인 것이, 아니냐?

클리포드 맞아, 그리고 늙은 요크도, 그렇지만 아직 멀었니라.

리처드 제발, 영주분들, 전투 신호를 내려 주시오.

워릭 당신 말을 들어 봅시다, 헨리, 왕관을 내놓으시겠소?

마가릿 왕비 이런, 이게 누구신가, 수다쟁이 워릭이, 감히 입을 열어?

일전에 세인트 앨번즈에서 네놈과 내가 만났을 때는,

네놈 발이 네놈 손보다 더 충성스럽던데.

워릭 그때는 내가 도망칠 차례였니라—지금은 네년 차례고.

클리포드 전에도 그리 허풍을 떨더니, 결국 도망쳤잖느냐.

워릭 네놈의 용기 때문에, 클리포드, 내가 밀려난 게 아니었지.
노섬벌랜드 아니지, 사내다움 덕에 네놈이 버텼던 것도 아니고.
리처드 노섬벌랜드, 난 당신을 존중하오.
애기를 끝냅시다, 도저히 참지 못하겠으니
부풀어 터질 듯한 심장의 분노를 퍼부어 대지 않고서는,
저 클리포드, 저 잔인한 어린애 살해범한테 말이오.
클리포드 내가 네 아비를 죽였거늘—네 아비를 어린애라느냐?
리처드 그랬지, 비열하고 기만적인 겁쟁이 방식으로,
내 귀여운 동생 러틀랜드를 죽인 것처럼.
하지만 일몰 전에 네가 그 짓을 저주하게 만들어 주마.
헨리 왕 언쟁을 그치시오, 경들, 그리고 내 말을 들으시오.
마가릿 왕비 그럼 저들을 내치세요, 아니면 폐하 입을 다물던가.
헨리 왕 부디 내 말에 선을 긋지 마시오—
나는 왕이고, 말할 특권이 있소.
클리포드 주군, 여기 이 회합을 키워 낸 상처는
말로 치유될 수 없습니다—그러니 잠자코 계십시오.
리처드 그렇다면, 망나니 놈, 네 칼을 뽑거라.
우리 모두를 지으신 그분을 걸고, 난 단언한다
클리포드는 말로만 사내라고.
에드워드 말하라, 헨리, 내 권리를 내게 주겠느냐 않겠느냐?
오늘 아침을 먹은 병사 가운데 1천은
결코 저녁을 먹지 못하리로다, 네가 왕관을 내놓지 않는 한.
워릭 〔헨리 왕에게〕 거부한다면, 그들의 피를 그대가 뒤집어쓸 터
요크는 정의로이 갑옷을 입은 것이니.
에드워드 세자 워릭이 옳다고 하는 것이 옳다면,

그른 것은 없겠구나, 모든 게 옳을 뿐.

리처드 니 애비가 누구든, 저기 저년이 니 에미 맞구나—
확실히, 말하는 게 저년을 빼다 박았으니.

마가릿 왕비 하지만 넌 니 애비도 에미도 닮지 않았잖니—
범죄자 낙인찍힌 추잡한 기형이니까,
운명의 여신이 기피 인물로 표시해 놓았지,
독두꺼비나 도마뱀의 무시무시한 독침처럼 말이다.

리처드 나폴리의 쇠붙이년, 잉글랜드식 도금으로 정체를 숨긴,
네년 애비가 왕의 칭호를 가졌다니—
도랑을 바다라 칭하는 격이지—
부끄럽지도 않으냐 네년은, 자신의 출신을 알면서도,
구태여 혀를 놀려 그 비천한 마음을 드러내다니?

에드워드 볏짚단 들려 개망신 시키는 게 금화 천 개 몫은 할 게다
이 뻔뻔스런 창녀 년이 스스로를 알게 만드는데.
그리스의 헬렌은 네년보다 훨씬 더 아름다웠어,
네 남편은 그녀 남편 메넬라오스와 도낀 개낀이지만.
그런데 아무것도 아냐 아가멤논 동생 메넬라오스가 받은
오쟁이 진 수모는 이 왕이 너 때문에 받은 것에 비하면.
그의 아버지 헨리 5세는 프랑스 심장부에서 흥청거리고,
그 나라 왕을 길들이고, 도핀을 굴복시켰다.
그리고 아들은, 자기 신분에 어울리는 결혼을 했더라면,
그 영광을 오늘날까지 지킬 수 있었겠지.
그러나 그가 거지를 자기 침대로 끌어들이고,
네 가난한 아비에게 자신의 결혼으로 은총을 내렸을 때,
바로 그때 그 햇빛은 그에게 소나기를 낳아 준 것이야,

아버지의 행운을 프랑스 밖으로 씻어 내고,
국내에서 그의 왕관 위에 폭동을 쌓아올린 소나기 말이다.
이 소요가 일 까닭이 없지 않은가 네년의 오만 말고는?
네년이 온유했다면, 우리의 요구는 여전히 잠잤을 것이고,
우리는, 고결한 왕을 동정하여,
우리의 요구를 미루었을 것이다 다음 시대까지.

조지 〔마가릿 왕비에게〕 하지만 우리 햇빛이 네 봄을 이뤄 주는데,
네 여름은 우리에게 아무 추수도 내주지 않는지라,
우리는 도끼를 대는 것이지 네 찬탈의 뿌리에.
그리고 비록 그 날이 어느 정도는 우리 자신을 해쳤으나,
알아 두거라, 도끼질을 시작한 이상,
우리는 결코 그만두지 않을 것이다, 널 거꾸러뜨리거나,
너의 생장을 우리의 뜨거운 피로 목욕시킬 때까지는.

에드워드 〔마가릿 왕비에게〕 그리고 이 결의로 내 너를 내치노라,
더 이상 말을 섞고 싶지가 않거든,
네가 심성 고운 왕의 발언을 금하니 말이다.
나팔을 불어라—우리의 피투성이 깃발 나부끼게 하라!
그리고 승리, 아니면 무덤이로다!

마가릿 왕비 멈추라, 에드워드.

에드워드 싫구나, 말싸움 여자, 우린 더 이상 머물지 않겠다—
이 말로 오늘 만 명의 목숨이 희생되리라.

화려한 취주. 에드워드와 그의 사람들이 한쪽 문으로, 왕비와 그녀의 사람들이 다른 쪽 문으로 퇴장

2막 3장

요크 근처 벌판

전투 경보. 소규모 전투 몇 차례. 워릭 백작 등장

워릭 격전에 파김치가 되어, 달리기를 한 선수와 같이,
몸을 누이고 잠시 숨을 돌려야겠다,
가격도 당했고, 숱하게 되갚아 주느라,
강력하던 근육 심줄에 힘이 빠져 버렸으니,
무슨 일이 있어도, 잠시 쉴 밖에.

요크 공작 에드워드가 뛰며 등장

에드워드 미소 지으라, 고결한 하늘, 아니면 쳐라, 비천한 죽음!
이승이 눈살 찌푸리고, 에드워드의 태양 구름이 가렸나니.
워릭 괜찮으시오, 주군, 어찌되었소? 희망이 보이오?

조지가 뛰며 등장

조지 우리의 운은 상실이고, 우리 희망은 슬픈 절망뿐이오
우리 진영은 깨졌고, 파멸이 우릴 따라와요.
어쩌면 좋을까요? 어디로 도망치죠?
에드워드 도망은 소용없다—저들은 날개 달고 우릴 뒤쫓고
우리는 허약하고, 추격을 피할 수 없어.

리처드가 뛰며 등장

리처드 아, 워릭, 왜 뒤로 물러나셨소?
그대의 배다른 형제 피를 목마른 대지가 마셔 버렸소,
클리포드의 창 강철 끝에 찔려 흐른 거였지요.
그리고 단말마 바로 그 속에서 그가 외쳤소,
멀리서 들리는 음산한 쨍그렁 소리처럼,
'워릭, 복수해 주오—형, 내 죽음을 복수해 줘!'
그렇게 그들 말의 배 아래서
말굽 뒤 텁수룩한 털은 훈김 뿜는 그의 피로 칠갑을 했는데,
그 고결한 신사는 영혼을 내놓았소.

워릭 그렇다면 대지가 우리 피를 마시고 취하게 합시다.
난 내 말을 죽일 테요, 도망갈 생각이 없으므로.
왜 우리가 마음 여린 여인네처럼 여기 서 있는 거요,
우리의 손실을 울부짖으며, 적들은 맹위를 떨치고 있는데,
그리고 방관하는 거요, 마치 비극 작품을
그냥 흉내 내는 배우들이 공연하고 있기라도 하는 것처럼?
(무릎 꿇으며) 이렇게, 무릎 꿇고, 맹세하오 위 하나님께,
나는 결코 다시 쉬지 않고, 결코 다시 정지하지 않을 것이오,
죽음이 이 내 두 눈을 감기거나
운명의 여신이 내게 복수의 기회를 줄 때까지.

에드워드 (무릎 꿇으며) 오 워릭, 나도 무릎 꿇겠소, 그대 것에 합쳐,
그리고 이 맹세로 정말 내 영혼을 당신 것에 사슬로 묶겠소.

그리고, 내 무릎을 대지의 차가운 얼굴에서 일으키기 전에,
던집니다 하나님, 내 손을, 내 두 눈을, 내 심장을 당신께,
왕을 세우시고 뽑아 내리시는 당신이시여,
당신께 간청드리는 것은, 당신 뜻에 부합한다면,
저의 적들에게 이 몸을 먹이로 주소서,
그렇지만 당신의 하늘나라 놋쇠 대문을 여시고
상냥한 통행로 내주소서 제 죄 많은 영혼에.

〔그들이 몸을 일으킨다〕

이제, 영주분들, 헤어집시다 다시 만날 때까지,
그게 어디든, 하늘나라건 지상이건.

리처드 형, 제 손을 잡아 주세요, 그리고, 고결한 워릭,
당신을 내 지친 두 팔로 안아 보게 해 주세요.
나, 결코 울지 않았던 내가, 지금은 슬픔으로 녹아내립니다
겨울이 우리의 봄날을 이렇게 꺾어 버리다니요.

워릭 갑시다, 가요! 다시 한 번, 상냥한 군주분들, 안녕.

조지 그렇지만 우리 모두 함께 우리 부대로 가시지요,
가서 그들한테 떠나고 싶은 자 달아나도 좋다 허락하고
우리 곁을 지키는 자 국가의 동량이라 부르고
우리가 성공할 경우, 약속하는 겁니다 올림픽 경기
승자가 쓰는 월계관 같은 보상을.
그러면 용기를 심어 줄 수 있어요, 그들의 기 죽은 가슴에,
아직 승리하고 살아남을 희망이 있으니까요.
더 이상 지체 말지요—신속히 떠나야 합니다.

모두 퇴장

2막 4장

장면 계속

전투 경보. 소규모 전투 몇 차례. 리처드가 한쪽 문으로, 클리포드 경이 다른 쪽 문으로 등장

리처드 이제, 클리포드, 내가 네놈을 무리에서 떼어 냈지.
상상하거라 이 팔은 요크 공작을 위한 것이고,
이 팔은 러틀랜드를 위한 것, 둘 다 반드시 복수하려 하느니,
설령 네놈이 놋쇠 담에 둘러싸였더라도 말이다.

클리포드 자, 리처드, 내가 너와 이 자리에서 단 둘이 만났구나.
이것은 네 아버지 요크를 칼로 찌른 손이고,
이것은 네 동생 러틀랜드를 죽인 손이고,
여기 이 심장은 그들의 죽음으로 의기양양하고
북돋우노라 네 아버지와 동생을 죽인 두 손의 사기를
똑같은 일을 네게 집행하라고—
그러니, 받아라!

그들이 싸운다. 워릭 백작이 와서 리처드를 구한다. 클리포드 경이 달아난다.

리처드 안 돼요, 워릭, 다른 사냥감을 고르세요—

내가 이 늑대를 사냥해 죽여 버릴 테니까.

모두 퇴장

2막 5장

장면 계속

전투 경보. 헨리 왕 등장

헨리 왕 이 전투는 추세가 여명의 전쟁 같구나,
죽어 가는 구름이 생장하는 빛과 다투는 시간,
양치기가, 손톱에 입김을 호호 불며,
딱히 낮이라고도 밤이라고도 하지 못하는 시간.
어떻게 보면 형세 흔들림이 엄청난 바다 같다,
조류에 밀려 바람과 전투를 벌이는,
어떻게 보면 형세는 바로 그 바다가
후퇴하는 것 같다, 바람의 격노에 밀려.
어떤 때는 조류가 우세하고, 그다음은 바람이 그렇다,
한쪽이 더 나은가 하면, 다른 쪽이 강력하다—
양쪽 모두 승자가 되려 잡아당기며 가슴을 맞대고,
하지만 어느 쪽도 정복하거나 정복당하지 않지.
바로 그래 이 치명적인 전쟁의 대등한 균형이.
이 두더지 흙두둑 위에 나는 앉아 있을란다.
하나님 뜻 향한 쪽에, 승리 있으라.
왜냐면 나의 왕비 마가릿과, 클리포드도, 또한,
나를 꾸짖으며 전장에서 내쫓았지, 둘 다

내가 떠나 줘야 최대의 승리를 거둘 수 있다 장담하면서.
죽고 싶구나, 하나님의 선하신 뜻이 그렇다면—
왜냐면 이승에 뭐가 있는가 슬픔과 고뇌 말고?
오 하나님! 행복했을 것 같아요
단순한 양치기에 머물렀다면.
언덕에 앉아 있는 거 말이죠, 제가 지금 그리하듯이
해시계를, 눈금 정교하게, 새겨 내는 거,
그리하여 살펴보는 거, 매 분이 어떻게 흘러가는지
분이 얼마나 많이 쌓여야 온전한 한 시간이 되는지,
시간이 얼마나 많이 쌓여야 하루를 완성하는지,
하루가 얼마나 많이 쌓여야 한 해를 끝내는지,
얼마나 많은 해를 필멸 인간은 살 수 있는지.
이걸 알고 나서는, 나누는 거예요 시간을.
그리 많은 시간을 나는 양떼 돌보는 데 써야겠구나,
그리 많은 시간을 나는 휴식에 써야겠구나,
그리 많은 시간을 나는 명상에 써야겠구나,
그리 많은 시간을 나는 노는 데 써야겠구나,
그리 많은 나날 동안 내 암양은 새끼들과 있었구나,
그리 많은 주가 걸리는구나 불쌍한 바보가 애를 낳으려면,
그리 많은 주가 흘러야 난 양털을 깎게 되겠구나 식으로요.
그렇게 분이, 시간이, 날이, 주가, 달이, 그리고 해가,
그것들이 창조되었던 목적지로 넘겨져,
백발을 부르고 무덤에 달하겠지요.
아, 이런 생은 정말! 얼마나 달콤한가! 얼마나 정다운가!
산사나무 숲이 더 달콤한 그늘을 주지 않는가

순진한 양을 바라보는 양치기들에게,
화려한 장식의 닫집이
신민들의 배반을 두려워하는 왕들에게 주는 것보다 더?
오 그럼, 물론이지—천 배 더 그러하지.
그리고 결론적으로, 양치기의 수수한 치즈가,
가죽 병으로 차고 가늘게 마시는 그의 한 모금이,
시원한 나무 그늘 아래 자는 그의 버릇이
안전하고 달콤하게 그가 즐기는 모든 것이,
몇 수 위다 군주의 진미보다,
황금 잔 속 광채를 뿜는 그의 음식보다,
화려한 잠자리에 누운 그의 몸보다,
근심, 불신과, 반역이 그의 시중을 드는 것이라면.

전투 경보. 한쪽 문으로 병사 하나가 죽은 사람을 팔에 안고 등장.
헨리 왕이 떨어져 선다.

병사 세상사 행복과 불행을 합쳐 의당 똔똔이 되어야 하는 법.
이자를, 내가 백병전으로 죽였으니,
금화 몇 닢 갖고 있을지도 모르는 거 아닌가,
그리고 내가, 지금 우연히 그걸 이자한테서 빼앗지만,
일몰 전에 내 목숨과 금화 몇 닢을 바치게 될지 모르고,
어떤 다른 놈한테, 이 죽은 자가 내게 그랬듯이 말이지.
〔그가 죽은 사람의 투구를 벗긴다〕
이게 누구야? 오, 맙소사! 우리 아버지 얼굴이잖아
이 전투에서 내가, 나도 모르게, 죽여 버렸어.
오 모진 시대로구나, 이런 일이 생기게 하다니!

런던에서 국왕한테 내가 강제 징집당했는데,
내 아버지는, 워릭 백작의 하인이라,
요크 편으로 왔지, 주인한테 강제징집되어,
그리고 내가, 그분 손에서 내 생명을 받았건만,
내 손으로 그분 목숨을 빼앗았어.
용서하소서, 하나님, 저는 제가 하는 일을 알지 못했어요,
그리고 용서하세요, 아버지, 아버지인지 몰랐으니까.
내 눈물이 씻어내 줄 테지 이 핏자욱을,
무슨 말을 하랴 눈물이 다 흐르기를 기다릴 밖에.

그가 운다.

헨리 왕 오 처참한 광경이다! 오 피비린 시대로다!
사자들이 자기네 굴을 위해 전쟁과 전투를 벌이는 동안,
불쌍한 순진한 양들이 겪는도다 저들의 적의를.
울거라, 가여운 사람, 내 그대 눈물을 눈물로 지원할 테니,
그리고 내 가슴과 두 눈을, 내란처럼,
눈물로 눈멀게 하고, 부서지게 하리로다, 슬픔의 과부하로.

다른 문으로 또 다른 병사 하나가 죽은 사람을 팔에 안고 등장

두 번째 병사 네놈이 그토록 완강히 저항을 했으니,
네놈 금을 내놓아야겠지, 얼마라도 가진 게 있다면—
백 번이나 가격하게 만든 값으로.
(그가 죽은 사람의 투구를 벗긴다)
근데 보자. 이것이 우리 적군의 얼굴이라고?
아, 아냐, 아냐, 안 돼—이건 하나 밖에 없는 내 아들이라구!

오, 애야, 조금이라도 숨이 네 안에 남아 있으면,
눈을 떠 봐! (울면서) 보거라, 봐, 어떤 소나기가 이는지,
내 가슴의 폭풍우로 불어닥쳐,
네 상처, 내 눈과 가슴을 죽이는 그것 위로 내리는지!
오, 불쌍히 여기소서, 하나님, 이 가련한 시대를!
얼마나 난폭한 짓을, 얼마나 잔혹한, 얼마나 백정 같은,
범죄적인, 불온한, 그리고 비인간적인 짓거리를,
이 치명적인 싸움이 매일매일 낳고 있는 건지요!
오 애야, 네 애비가 네게 생명을 너무 일찍 주었고,
네게서 네 생명을 너무 최근에 빼앗았구나!

헨리 왕 비통의 중첩이로다! 슬픔 이상의 슬픔이로다!
오 나의 죽음으로 이런 불쌍한 행동을 막을 수 있었으면!
오, 긍휼, 긍휼, 착한 하늘이시여, 불쌍히 여기소서!
붉은 장미와 흰 장미가 그의 얼굴에 있도다,
서로 싸우는 우리 두 가문의 치명적인 색깔이,
전자는 그의 진홍빛 피가 썩 잘 비유하고,
후자는 그의 창백한 뺨이, 내 생각에, 나타내고.
하나는 시들고, 다른 장미는 번성케 하라—
둘이 다투면, 천 명의 목숨이 시들어야 하나니.

첫 번째 병사 어머니는 아버지의 죽음 때문에
결코 풀지 않으시리, 나에 대한 노여움을!

두 번째 병사 아내는 내 아들을 학살한 것 때문에
눈물을 바다만큼 흘리고도, 결코 멈추지를 않겠구나!

헨리 왕 조국은 이 비통한 사태 때문에
끝까지 나쁘게 생각하리 국왕을!

첫 번째 병사 아들이 이토록 아버지의 죽음을 한탄한 적 있는가?

두 번째 병사 아버지가 이토록 아들의 죽음을 슬퍼한 적 있는가?

헨리 왕 왕이 이토록 신민의 비통을 아파했던 적 있는가?
너희의 슬픔 크겠으나, 내 슬픔은 그 열 배로다.

첫 번째 병사 〔자기 아버지 시신에게〕 모셔갈 게요 제가 실컷 울 수 있는 곳으로.

아버지 시신을 안고 한쪽 문으로 퇴장

두 번째 병사 〔자기 아들 시신에게〕 내 이 두 팔이 네 수의일 것이야,
내 심장은, 귀여운 아들, 네 관이 될 게다,
내 마음에서 네 심상이 멀어지는 일은 결코 없을 것이거든,
내 한숨짓는 가슴은 네 장례식 조종일 게야,
하여 네 아버지가 치러 줄 장례는 그 애도의 진실됨이
너 하나 잃었으나, 너 밖에 없기에, 못지않을 게다,
자신의 용감한 아들 모두를 위해 프리암이 치러 준 것에.
내가 널 여기서 데려가 주마, 싸울 놈들은 싸우게 두고—
나는 짐승만도 못한 살인을 저질렀느니.

아들 시신을 안고 다른 쪽 문으로 퇴장

헨리 왕 마음이 슬픈 자, 시름에 너무도 겨운 사람들이여,
여기 앉아 있노라 너희보다 더 비통한 왕이.

전투 경보. 소규모 전투 몇 차례. 에드워드 세자 등장

에드워드 세자 도망치세요, 아버지, 도망쳐요—아버지 친구들은 모두 도망쳤고,

워릭은 성난 숫소처럼 사납다구요!
가세요—죽음이 우릴 따라잡으려 해요!

마가릿 왕비 등장

마가릿 왕비 말에 오르세요, 폐하—버웍 주둔지로 신속히 말을 달리세요.
에드워드와 리처드가, 날쌘 사냥개 두 마리
겁에 질려 달아나는 토끼를 본 것처럼,
분노 그 자체로 이글대는 불의 눈을 하고,
피투성이 강철을 그들의 성난 손에 쥐고,
우리 등을 위협하고 있어요—그러니 가세요 전속력으로.

엑스터 등장

엑스터 가요—복수의 여신이 그들과 함께 옵니다!
아니—왈가왈부할 시간 없다구요—서두르세요—
아니면 나중에 오시오. 내 먼저 떠날 테니.
헨리 왕 아니, 날 데려가 주시오, 착하신 우리 엑스터.
머무는 게 두려워서가 아니라, 가고 싶어서요,
왕비가 가려는 곳으로. 나서요, 갑시다.

모두 퇴장

2막 6장

장면 계속

시끄러운 전투 경보. 클리포드 경, 화살에 목을 부상당한 상태로 등장

클리포드 여기서 내 초는 다 타 버린다—그래, 여기서 죽는 거지,
그것, 촛불이 켜진 동안, 헨리 왕에게 빛을 주었던 그것이.
오 랭커스터, 나는 두렵다 그대들의 몰락이
내 몸과 내 영혼의 분리보다 더!
날 사랑하고 경외하는 숱한 친구들이 그대한테 붙었고—
이제 나 추락하고, 그대의 탄탄한 혼합물이 녹으며,
헨리를 해치고, 강화한다 거만한 요크를.
평민들이 들끓지 여름 파리떼처럼,
그리고 어디로 날겠는가 각다귀들이 태양 쪽으로 말고는?
그리고 지금 누가 빛나는가 헨리의 적들 말고는?
오 태양신 포이보스, 당신이 결코 허락하지 않아
아들 파에톤이 그대 불의 말들을 몰지 않았다면,
그 불타는 수레가 결코 대지를 초토화하지 않았을 텐데!
그리고, 헨리, 그대가 왕들처럼 통치했었다면,
혹은 그대 아버지와 그의 아버지가 한 대로 하여,
요크 가문에 여지를 전혀 안 주었다면,

그들 결코 그때 여름 파리처럼 뛰쳐나오지 않았으리라.
나와 1만의 병사들은 이 불행한 왕국에서
우리 죽음을 애도해 줄 과부조차 남기지 못했다.
그대는 오늘 태평하게 의자에 앉아 있었지.
왜냐면 무엇이 잡초를 키우겠는가, 부드러운 바람 말고는?
또 무엇이 도적의 담을 키우겠는가, 지나친 자비 말고는?
변명도 쓸데없고, 치유할 길 없다 내 상처는.
도망칠 길 없고, 도망을 버텨 낼 힘도 없다.
적은 무자비하고, 자비를 베풀 생각이 없다.
그들 손에서 자비를 구할 자격이 내겐 없으니까.
공기가 내 치명적인 상처 속으로 새어들었고,
피를 많이 흘려 정말 기절할 지경이구나.
오라 요크와 리처드, 워릭과 나머지들—
내가 너희 아버지 가슴을 칼로 쑤셨나니 갈라라 내 가슴을.

그가 기절한다.
전투 경보와 퇴각 나팔. 요크 공작 에드워드, 그의 동생 조지와 리처드, 워릭 백작, 몬테규 후작, 그리고 병사들 등장

에드워드 이제 숨을 돌립시다, 영주분들—행운이 명하니 멈추고,
전쟁의 찡그린 얼굴을 평화로운 표정으로 펴 줍시다.
병력 일부는 피에 굶주린 심성의 왕비를 추적 중이고,
그녀는 온화한 헨리를, 그가 왕이건만, 몰고 가는데,
마치 안달 난 질풍을 잔뜩 받은 돛이,
상선을 지휘하여 파도에 맞서 보겠다는 꼴이오.
그런데, 여러분, 클리포드가 그들과 함께 달아난 걸까요?

워릭 아니지—불가능하오 그가 빠져나간다는 것은.
왜냐면, 면전에서 말하는 게 좀 그렇지만,
당신의 동생 리처드가 그를 무덤에 보내기로 찍었다오.
그러니 그가 어디 있건, 분명 죽었을 겝니다.

클리포드가 신음한다.

에드워드 누구의 영혼이 저리 괴로운 작별 인사를 하고 있는가?
리처드 치명적인 신음 소리네요, 마치 삶과 죽음이 이별하는 듯.
에드워드 〔리처드에게〕 누군지 보거라.

〔리처드가 클리포드에게 간다〕

그리고 이제 전투는 끝났으니,
아군이든 적군이든, 부드럽게 대해 주도록.
리처드 취소하세요 그 자비의 판결을, 클리포드니까.
가지를 쳐내는 걸로 만족하지 않았던 그자,
잎사귀를 마악 낸 러틀랜드를 잘라 내고도
만족하기는커녕 살인의 칼로 그 뿌리,
그 연약한 새싹을 달콤하게 솟아나게 한 그것을 쑤신—
우리의 군주 아버님, 요크 공작 말입니다.
워릭 요크 성문에서 모셔 내리시오 그 머리,
두 분 아버님의 머리를, 클리포드가 그곳에 던져 둔.
그 대신 이놈 머리로 자리를 채웁시다—
눈에는 눈, 이에는 이라 했으니.
에드워드 우리 앞에 대령시키라 저 불길한 비명-부엉이를,
우리와 우리 집에 오로지 죽음만을 노래한 자로다.

〔클리포드가 앞으로 끌려나온다〕

이제 죽음이 이 음울한 위협 소리를 중단시키고
그의 불길한 혀는 더 이상 말을 못하겠구나.

워릭 그의 이해력이 파괴된 것 같소,
말하라, 클리포드, 누가 네게 말하는지 알겠느냐?
어둡고 흐린 죽음의 그림자가 그의 생명의 빛남을 덮치고,
그는 보지도 못하고 듣지도 못하오 우리가 하는 말을.

리처드 오, 그랬으면 좋았을 것을—그러는 중인지도 모르고요.
그런 척하려는 잔꾀일 뿐이오,
피하고 싶거든 그 쓰라린 조롱을,
죽음의 순간 저자가 우리 아버지한테 가했던 그것 말이오.

조지 그렇게 생각하시면, 호된 말로 그의 화를 돋우어 봐요.

리처드 클리포드야, 자비를 구하고 은총을 전혀 못 받으려무나.

에드워드 클리포드야, 참회하려무나 쓸데없는 참회로.

워릭 클리포드, 네 잘못에 대한 변명을 꾸며 내 보라.

조지 그동안 우리는 네 잘못을 벌할 잔혹한 고문을 짜내야지.

리처드 넌 정말 요크를 사랑했어, 난 요크의 아들이고.

에드워드 넌 러틀랜드를 동정했잖아—내가 널 동정해 줄게.

조지 마가릿 대장은 어디 계시냐 지금 널 보호해 주셔야 할 텐데?

워릭 사람들이 널 조롱하잖나, 클리포드—평소처럼 욕을 해 봐.

리처드 뭐라, 욕-선서 하나도? 젠장, 그렇다면, 세상 각박한 거지
클리포드가 친구들한테 욕-선서 하나 베풀지 못한데서야.
그걸 보면 확실히 죽었네요—그리고, 내 영혼을 걸고,
이 오른손으로 딱 두 시간만 생명을 사서,
내가, 나중이야 어찌되건, 욕을 퍼부어 댈 수 있다면,

이 왼손으로 오른손을 잘라내고, 분출하는 피로
질식시켰을 것이다 이 악당을, 이자의 채울 수 없는 갈증은
요크와 어린 러틀랜드로도 만족하지 못했으니.

워릭 아무렴, 하지만 그는 죽었소. 반역자의 목을 떼어 내어,
세우시오 여러분 아버님 머리가 계시던 곳에.
그리고 이제 런던으로 갑시다 개선 행진을 하며,
그곳에서 잉글랜드의 당당한 국왕 대관식을 가져야죠,
거기서 워릭은 바다를 가로질러 프랑스로 가겠소,
그리고 보나 숙녀분을 청하겠소 그대의 왕비로.
그렇게 그대는 양국 유대를 공고히 하게 되는 거죠.
그리고, 프랑스를 친구로 두었으니, 겁낼 필요가 없겠죠
흩어진 적들을, 그들은 다시 일어서고 싶겠으나,
왜냐면 비록 침으로 대단한 상처를 낼 수 없더라도
윙윙대며 그대 귀를 성가시게 해보려는 족속들이니까.
우선 내가 대관식을 참관하고,
그런 다음 바다 건너 브레타뉴로 가서
이 결혼을 성사시키겠소, 폐하께서 허락하신다면.

에드워드 백작께서 원하신다면야, 우리 워릭, 그렇게 해야죠.
백작의 어깨 위에다 내가 정말 내 옥좌를 세웁니다,
그리고 결코 나는 착수하지 않을 것이오
백작의 자문과 동의가 결여된 일은.
리처드, 내 너를 글로스터 공작에 봉한다,
조지는, 클래런스 공작으로 하고, 워릭은, 짐 자신처럼,
그의 뜻대로 하고 그의 뜻대로 되돌리고 그럴 것이다.

리처드 날 클래런스 공작에 봉해 주오, 조지 형이 글로스터 하

고—

글로스터 공작 칭호는 너무 불길하니.

워릭 쳇, 어리석은 소리—

리처드, 글로스터 공작 하시오. 이제 런던으로 가서

칭호들을 챙기셔야죠.

모두 퇴장. 요크의 머리가 옮겨진다.

제3막

내가 불면 내 숨에 복종하고,
다른 게 불면 그것에 굴복하지,
언제나 더 센 바람의 명령에 따라—
이런 것이 바로 너희 평민들의 변덕이니라.

3막 1장

스코틀랜드 국경 근처 잉글랜드 북부의 어떤 숲

사냥터지기 둘이 손에 석궁을 들고 등장

첫 번째 사냥터지기 이 두텁게 자란 덤불 아래 우릴 숨기세,
이 개간지를 이제 곧 사슴들이 지나갈 거거든,
우리는 이 은신처에서 대기하다가,
최고로 좋은 놈들을 골라내면 되고.
두 번째 사냥터지기 난 언덕 위에 자릴 잡겠어, 양쪽에서 쏘게.
첫 번째 사냥터지기 그건 안 돼—네 석궁 소리에
무리가 겁을 먹을 거구, 그러면 내 화살이 빗나간다구.
여기 둘 다 있다가, 최선을 다해 보는 거지.
그러면, 시간이 지루하게 느껴지지 않게끔,
내 네게 이야기해 주지 어느 날 내게 일어난 일을
우리가 지금 자리 잡으려는 바로 이곳에서 일어난 일이야.
첫 번째 사냥터지기 누가 오네—지나갈 때까지 그냥 있자구.

그들이 따로 선다.
헨리 왕, 변장한 모습으로, 기도서를 들고 등장

헨리 왕 스코틀랜드에서 난 몰래 들어왔다, 순수한 사랑으로,
내 자신의 땅을 열망하는 내 눈길로 맞이하기 위하여.

아니지, 해리, 해리,—네 땅이 전혀 아니지.
네 자리 채워졌고, 네 왕홀은 손목 비틀려 빼앗겼다,
네가 기름 부음 받았던 그 향유 씻겨졌어.
어떤 굽히는 무릎도 널 황제라 부르지 않을 터,
겸허한 청원자들이 몰려와 네게 정의를 호소하지 않을 터,
아냐, 한 사람도 오지 않을 거야 네게 시정을 바라며—
어떻게 내가 그들은 돕고 내 자신은 돕지 못할 수 있겠나?

첫 번째 사냥터지기 〔두 번째 사냥터지기에게〕 얼씨구, 사냥터지기 몫 사슴 가죽으로는 왔달세.
이자는 이전 왕이야—우리가 사로잡자구.

헨리 왕 너를 포옹하게 해 다오, 신산의 역경이여,
현인들 말이 그게 가장 현명한 길이라 하니.

두 번째 사냥터지기 〔첫 번째 사냥터지기에게〕 우리 꾸물댈 거 없잖아? 가서 체포하면 돼.

첫 번째 사냥터지기 〔두 번째 사냥터지기에게〕 잠깐 참아 봐—조금 더 들어 보자구.

헨리 왕 내 왕비와 아들은 도움을 청하러 프랑스로 갔다,
그런데, 듣기로, 위대한 지휘관 워릭이
그리 가서 프랑스 왕의 처제를 청했다 하지
에드워드의 아내로 말야. 이 소식이 사실이라면,
불쌍한 왕비와 아들, 두 사람의 노고는 헛수고일 뿐이야—
워릭은 세련된 웅변가고,
루이는 감동적인 말에 쉽게 넘어가는 군주거든.
그렇게 볼 때, 그렇다면, 마가릿이 그를 설득할지도 몰라.
그녀의 한숨이 그의 가슴에 파열구를 낼 테고,

그녀의 눈물은 대리석 심장조차 뚫고 스며들 터,
호랑이도 누그러질걸 그녀가 정말 슬퍼하는 동안은,
그리고 폭군 네로는 가책에 시달리겠지
그녀의 탄원과 눈물을 듣고 본다면 말이지.
맞아, 하지만 그녀는 구걸하러 왔고, 워릭은 주러 왔지.
그녀는 그의 왼편에, 헨리를 도와달라고 간청하면서,
그는 그의 오른편에, 에드워드의 아내를 요청하면서.
그녀가 울며 말한다 그녀의 헨리가 폐위되었다고,
그는 미소 지으며 말한다 그의 에드워드가 세워졌다고
하여 그녀, 가여운 사람은, 슬퍼서 더 이상 말할 수가 없다.
반면 워릭은 즉위의 정당성을 얘기하고, 잘못을 바로잡고,
제시한다 강력한 힘의 논리를,
그리고 결국 왕을 설득하고 그녀를 물리치게 한다,
그의 처제 장래 약속 및 기타 등등으로
에드워드 왕의 자리를 강화하고 버텨 주면서.
오, 마가릿, 그리될 것이오 그리고 그대, 불쌍한 영혼은,
그렇다면 버림받는 거요, 그대가 홀로 쓸쓸히 갔던 것처럼.

두 번째 사냥터지기 〔앞으로 나오며〕 이봐, 넌 누구길래 왕과 왕비 운운해 대는 거냐?

헨리 왕 겉보기 이상이고, 태생 이하인 사람이오.
최소한 사람이지, 그 이하는 내가 되지 않을 것이고,
사람들이 왕에 대해 얘기하는데, 왜 나라고 안 하겠소?

두 번째 사냥터지기 맞아, 근데 넌 스스로 왕인 듯 지껄이더라구.

헨리 왕 당연, 난 왕이죠, 마음으로는—그거면 충분하고.

두 번째 사냥터지기 왕이라면서, 왕관은 얻다 둔 게냐?

헨리 왕 내 왕관은 가슴 속에 있소, 머리 위가 아니라.

다이아몬드와 인도 보석으로 덮여 있지 않고,

보이지도 않지요. 내 왕관의 이름은 만족이오—

그건 왕들이 좀체 누리기 힘든 왕관이죠.

두 번째 사냥터지기 좋아, 네가 만족으로 왕관을 쓴 왕이라니까,

네 왕관 만족과 너는 만족해 줘야겠다

우리와 함께 가는 것에—왜냐면, 우리 생각에,

네가 에드워드 왕이 폐위시킨 왕 같거든,

그리고 우리는 그의 선서한 신민으로서

너를 그의 적으로 체포할 참이거든.

헨리 왕 하지만 그대는 맹세를 하고 깨트린 적이 한 번도 없는가?

두 번째 사냥터지기 없어—이런 맹세는 결코, 지금 깰 맘도 없고.

헨리 왕 그대들은 어디 살았는가 내가 잉글랜드의 왕이었을 때?

두 번째 사냥터지기 여기 이 지방에, 지금도 살고 있고.

헨리 왕 나는 생후 9개월 때 왕으로 기름 부어졌다,

내 아버지와 내 할아버지께서 왕이셨고,

그대들은 내게 선서한 진실된 신민이었고—

말해 보라, 그렇다면, 그대는 깨지 않았는가 그대의 맹세를?

첫 번째 사냥터지기 아냐, 우린 네가 왕인 동안만 신민이었거든.

헨리 왕 왜, 내가 죽었나? 살아 숨 쉬는 사람이 아니란 말이냐?

아, 어리석은 사람들, 너희는 모르는구나 맹세의 내용을.

보거라 내가 이 깃털을 숨으로 불어 내 얼굴에서 떼어 낸다,

바람이 다시 그것을 내게로 부는구나,

내가 불면 내 숨에 복종하고,

다른 게 불면 그것에 굴복하지,
언제나 더 센 바람의 명령에 따라—
이런 것이 바로 너희 평민들의 변덕이니라.
하지만 깨트리지 마라 너희의 맹세는, 그 죄에 대해
내 온화한 탄원은 너희를 유죄로 하지 않을 것이니.
가자 너희가 원하는 곳으로, 왕이 명령을 받을 것이고
너희가 왕 되어, 명령하라, 나는 복종할 것이니.

첫 번째 사냥터지기 우린 진실한 신민이야 왕, 에드워드 왕에게.

헨리 왕 그렇겠지 다시 헨리에게,
그가 옥좌에 앉아 있다면 에드워드 왕처럼 말이다.

첫 번째 사냥터지기 네게 명한다, 하나님과, 왕의 이름으로,
우리와 함께 경관한테 가기를.

헨리 왕 하나님 이름으로, 인도하라, 너희 왕 이름은 복종받기를
그리고 하나님의 뜻, 그것을 너희 왕이 행하게 하라
그러면 그의 뜻에 내가 겸허히 굴할 것이다.

모두 퇴장

3막 2장

런던 궁정

에드워드 왕, 글로스터 공작 리처드, 클래런스 공작 조지, 그리고 그레이 부인 등장

에드워드 왕 글로스터 동생, 세인트 앨번즈 전장에서
이 부인의 남편, 리처드 그레이 경이, 살해당했다오,
그의 땅이 당시 정복자들한테 압수당했고.
그녀의 청원은 이제 그 땅을 되찾게 해 달라는 것인데,
짐이 그걸 거절하고도 정의롭다 하기는 힘들 것 같소,
요크 가문의 전투에서
그 훌륭한 신사가 목숨을 잃었으니 말이오.

글로스터의 리처드 폐하께서 마땅히 들어주셔야죠 그 청원은—
그녀의 소청을 거절하는 건 불명예라 봅니다.

에드워드 왕 바로 그거요, 그런데 내가 좀 쉬고 싶구려.

글로스터의 리처드 (조지에게 방백) 옳거니, 그런가?
알겠어 부인이 뭔가를 줘야
왕께서 그녀의 겸허한 청원을 들어주시겠다는 거지.

클래런스의 조지 (리처드에게 방백) 선수가 따로 없어요, 바람 방향
제대로 잡는 솜씨 하난 끝내주는군.

글로스터의 리처드 (조지에게 방백) 쉿.

에드워드 왕 〔그레이 부인에게〕 미망인, 짐이 그대 청원을 고려해 보겠소

나중에 오면 짐의 생각을 말씀드리리다.

그레이 부인 정의와 자애의 폐하, 저는 미루는 거 참지 못해요.

황공하오나 폐하께서 지금 결정을 내려 주시면,

저는 폐하 뜻을 받드는 걸로 만족할 것이옵니다.

글로스터의 리처드 〔조지에게 방백〕 봐, 미망인이래지? 그렇다면 내 그대에게 그대의 모든 땅을 보장해 주겠소

미루는 거 못 참고 뜻 받들고 만족한다니.

좀 더 접근전, 아니면, 정말, 한 방 먹는 수가 있어요.

클래런스의 조지 〔리처드에게 방백〕 난 그녀 걱정 안 해. 어쩌다 넘어지면 모를까.

글로스터의 리처드 〔조지에게 방백〕 큰일 날 소리! 자빠지면 덮쳐요.

에드워드 왕 〔그레이 부인에게〕 자제분이 몇이시오, 미망인? 말해 주시오.

클래런스의 조지 〔리처드에게 방백〕 애 하나 낳아 달라시려나.

글로스터의 리처드 〔조지에게 방백〕 아니지, 그렇다면 날 채찍질해도 좋아—하나가 뭐냐 둘은 돼야지.

그레이 부인 〔에드워드 왕에게〕 셋이옵니다, 참으로 자애로우신 폐하.

글로스터의 리처드 〔방백〕 곧 넷이 될 게요, 그분의 통치를 받아들인다면.

에드워드 왕 〔그레이 부인에게〕 안된 일이오 그들이 자기 아버지 땅을 잃어버리게 된다면.

그레이 부인 동정을 베푸사, 경외하옵는 폐하, 그들에게 그것을 내

려 주소서.

에드워드 왕 (리처드와 조지에게) 두 분은, 자리를 좀 비켜 주시오—이 미망인과 재담이나 나누고 싶으니.

글로스터의 리처드 (조지에게 방백) 그래요, 좋은 자리 보시오, 허락하는 자리 좋지,
그러다 청춘이 떠나 버리면 좆도 지팡이도 필요 없는 자리 보전하는 거구.

리처드와 조지가 비켜선다.

에드워드 왕 (그레이 부인에게) 이제 말해 보오, 부인, 부인은 자식들을 사랑하시오?

그레이 부인 예, 제가 저를 사랑하는 것만큼이나 소중하게요.

에드워드 왕 그들에게 도움 주려 갖은 애를 쓰시겠구요?

그레이 부인 애들한테 득이 된다면 저는 손해도 감수하지요.

에드워드 왕 그렇담 그대 남편 땅을 찾아요, 그들에게 좋지요.

그레이 부인 그래서 제가 폐하를 뵈옵는 것이지요.

에드워드 왕 내 그대에게 알려 주리다 땅 찾을 방법을.

그레이 부인 그러면 저는 폐하를 향한 충성에 몸 바치겠나이다.

에드워드 왕 어떤 충성을 해 주시려오, 내가 그 땅을 준다면?

그레이 부인 뭐든 하명만 하시면, 제가 할 따름입니다.

에드워드 왕 내 부탁은 예외로 할 것 같소만.

그레이 부인 아녜요, 인자하신 폐하, 제가 할 수 없는 일만 아니면.

에드워드 왕 그렇겠지만, 당신은 할 수 있소 내가 부탁할 일을.

그레이 부인 저런요, 그렇다면, 전 폐하의 분부대로 할 것입니다.

글로스터의 리처드 (조지에게) 천라지망을 치시는군, 숱한 비에 대리

석인들 안 닮겠느냐는 속셈도 있고.

클래런스의 조지 비라니, 불처럼 시뻘건데! 저러다, 여자 몸이 밀랍처럼 녹고 말지.

그레이 부인 〔에드워드 왕에게〕 왜 말씀 끊으셔요 폐하? 제가 해야 할 일은요?

에드워드 왕 쉬운 일이오—단지 왕을 사랑하라는 것뿐.

그레이 부인 그거야 이를 말씀이십니까, 저는 신민인데요.

에드워드 왕 뭐, 그렇담, 그대 남편의 땅을 그대에게 그냥 주겠소.

그레이 부인 〔절을 하며〕 이만 가보겠어요, 너무 감사합니다.

글로스터의 리처드 〔조지에게〕 계약 끝—저 절은 봉인이거든.

에드워드 왕 〔그레이 부인에게〕 하지만 잠깐—사랑의 결실을 나는 말하는 것이오.

그레이 부인 사랑의 결실을 저도 말하는 겁니다, 사랑하는 폐하.

에드워드 왕 그러겠지만, 다른 의미일까 저어되오.

그대는 내가 어떤 사랑을 이토록 간청한다 생각하시오?

그레이 부인 죽을 때까지 제 사랑, 제 겸허한 감사, 제 기도—

미덕이 청하고 미덕이 허락하는 그런 사랑이지요.

에드워드 왕 아니오, 참으로, 난 그런 사랑을 말한 게 아니었소.

그레이 부인 저런요, 그렇다면, 제가 그러시리라고 생각한 뜻이 아니셨군요.

에드워드 왕 하지만 이제 그대는 얼마간 내 마음을 짐작할 게요.

그레이 부인 제 마음 결코 허락치 않을 거예요, 제가 짐작하는 바

폐하께서 노리시는 것을, 제 추측이 맞는지 모르지만요.

에드워드 왕 단도직입적으로, 난 그대와 자고 싶은 것이오.

그레이 부인 단도직입적으로, 전 차라리 감옥에서 자겠습니다.

에드워드 왕 저런, 그렇다면, 그대는 남편의 땅을 갖지 못하리.
그레이 부인 저런요, 그렇다면 제 정조를 유산으로 물릴 밖에요,
순결로 땅을 사는 일은 없을 것이옵니다.
에드워드 왕 그리하면 자식들에게 강력한 해를 끼치는 거요.
그레이 부인 이리하시면 폐하께서 모독하는 거죠 애들과 저를.
하오나, 강력하신 폐하, 이 경박한 접근은
어울리지 않나이다 제 청원의 진지함과.
황공하오나 예스 아니면 노로 이만 끝내시지요.
에드워드 왕 예스요, 그대가 내 요청에 '예스' 한다면,
노요, 그대가 내 요구에 '노'라고 말한다면.
그레이 부인 그렇다면, 노입니다, 폐하—제 청원은 다하였어요.
글로스터의 리처드 〔조지에게〕 저 과부는 폐하를 좋아하지 않아요—
눈살을 찌푸리잖아.
클래런스의 조지 기독교령에서 저런 막무가내 구애는 첨 봤어.
에드워드 왕 〔방백〕 표정으로 보아 그녀는 정숙이 충만하구나,
하는 말로 보면 비길 바 없는 기지를 지녔고,
그녀의 온갖 완벽이 주장하는군 통치할 권리를.
이쪽이든 저쪽이든, 그녀는 왕한테 딱이니,
내 연인이 아니면 나의 왕비가 될 밖에.
〔그레이 부인에게〕 왕인 내가 그대를 왕비로 맞겠다면?
그레이 부인 말씀으로 그쳐 주소서, 자애로우신 폐하,
일개 신민인 저를 놀리시는 건 무방하오나,
이리 하찮은 제게 가당찮게도 주군의 자리라니요?
에드워드 왕 상냥한 미망인, 내 왕위를 걸고 그대에게 맹세컨대
나는 내 영혼의 바람 그 자체를 말하는 것이오,

그 바람이 바로 그대를 내 사랑으로 누리는 것이고.

그레이 부인 그것이 바로 제 순종을 넘어서는 일이지요.
전 알아요 제 신분은 폐하의 왕비가 되기에 너무 비천하고,
그렇지만 폐하의 첩이 되기에는 너무 훌륭하죠.

에드워드 왕 좀 경솔하시구려, 미망인—난 왕비를 말함이었소.

그레이 부인 언짢으실 거예요 제 아들들이 폐하를 아버지라 부르게 되면.

에드워드 왕 내 딸들이 그대를 어머니라 부를 것과 마찬가지지요.
그대는 미망인이고 아이가 몇 있소,
그리고, 성모를 걸고, 나도, 미혼이지만,
아이가 몇 있소. 당연, 행복한 일 아니겠소
여러 아들의 아버지가 된다는 것은.
더 이상 대답은 필요 없소, 그대가 나의 왕비 될 것이니.

글로스터의 리처드 〔조지에게〕 신부께서 고해 내용을 사하시니.

클래런스의 조지 참회를 들을 때, 속옷에 손댈 기회를 가지시니.

에드워드 왕 〔리처드와 조지에게〕 동생들, 궁금하겠구나 우리 둘이 무슨 얘기를 나눴는지.

리처드와 조지가 앞으로 나온다.

글로스터의 리처드 미망인께서 싫으신가 봐요, 표정이 아주 슬픈 것이.

에드워드 왕 이상하겠지만 내가 그녀한테 결혼 얘기를 꺼냈단다.

클래런스의 조지 신랑이 누군가요, 주군?

에드워드 왕 누구긴, 클래런스, 바로 나지.

글로스터의 리처드 최소 열흘 동안은 놀랄 일이군요.

클래런스의 조지 아흐레 이상 놀랄 일은 없다는 말도 있는데.
글로스터의 리처드 기록을 갈아치우는 놀람이겠군요.
에드워드 왕 그래, 계속 놀리렴—이 말은 분명히 해 두지
남편의 땅에 대한 그녀의 청원을 허락하노라.

귀족 한 명 등장

귀족 인자하신 주군, 헨리, 주군의 적이 사로잡혀
포로로 압송되었습니다 주군의 왕궁 대문으로.
에드워드 왕 그를 런던탑으로 이송토록 조치해 주오—
(리처드와 조지에게) 그리고 우리는 가자, 동생들, 그를 사로잡은 사람한테,
체포 경위를 들어 보자꾸나.
(그레이 부인에게) 미망인, 함께 가십시다. (리처드와 조지에게) 경들께서는, 이분을 명예로이 대해 주시오.

모두 퇴장. 리처드는 남는다.

글로스터의 리처드 맞아, 에드워드는 여자들을 명예로이 다룰 거야.
매독이 그를 온통, 뼈와 골수까지, 형편없이 망가트려서,
그의 생식기로는 어떤 가망 있는 가지도 낼 수 없기를,
내가 기대하는 황금의 시간을 내 앞에서 가로막을.
하지만 벌써, 내 영혼의 욕망과 나 사이—
음탕한 에드워드의 자격이 소멸된다 하더라도—
있다 클래런스, 헨리와, 그의 어린 아들 에드워드가,
그들 몸에서 태어날 그 모든 예기치 못할 소생들도 있고,

내가 날 세우기도 전에 자기 자리를 차지하려는 것들.
의욕을 꺾는 전망이지 나의 목표에.
아니, 그렇다면, 나는 단지 꿈꿀 뿐이다 왕권을,
곶 위에 서서
저 멀리멀리 그가 밟고 싶은 해변을 훔쳐보는 꼴이지,
자기 발이 두 눈과 대등한 처지이기를 바라고,
자기를 그곳에서 떼어놓는 바다를 꾸짖고,
바닷물을 퍼내고 마른 땅 길 내리라 큰소리치는 꼴—
그토록 멀리 떨어진 왕관을 정말 나는 바라고,
나를 그것에서 떼어놓는 중간들을 정말 꾸짖고,
정말 소리치고 있다, 원인들을 잘라 내겠다고,
불가능한 것들로 자만하면서 말이지.
내 눈 너무 재빠르고, 내 가슴 너무 주제넘은 거지,
내 손과 힘이 그것에 필적하지 않는 한.
좋아, 그렇다면 리처드가 차지할 왕국은 없다고 치자—
다른 어떤 즐거움을 이 세상은 줄 수 있을까?
난 여인의 무릎에다 나의 천국을 세울 테다,
그리고 내 몸에 화려한 의상을 두르고,
달콤한 숙녀들을 말과 표정으로 호리는 거야.
오, 야비한 생각! 게다가 터무니없지,
황금 왕관 스무 개를 얻겠다는 것보다 더.
아니, 사랑의 여신은 날 버렸어 내 어머니 자궁 속에서,
그리고, 그녀의 부드러운 법칙을 내가 써먹지 못하도록,
그녀는 부패하고 무른 자연에게 뇌물을 먹여
오그라뜨리라 했어 내 팔을 시든 관목처럼,

얹으라 했다 혐오스런 산을 내 등 위에다—
거기 불구가 앉아 내 몸을 조롱하잖나—
두 다리 길이를 짝짝이로 하라 했고,
내 몸 모든 부분 균형을 무너뜨리라 했다,
형체 없는 덩어리처럼, 혹은 핥아 주기 전 새끼 곰,
아직 에미를 전혀 닮지 않은 그것처럼.
그런데도 내가 사랑받을 사내라고?
오, 괴물 같은 잘못이지, 그런 생각을 품는다면!
그렇다면, 이 지상이 내게 줄 수 있는 즐거움이
오로지 명령하고, 꾸짖고, 나보다 외모가
더 나은 자들을 지배하는 것이므로,
난 내 천국으로 하여금 왕관을 꿈꾸게 하고,
내가 사는 동안, 이승은 단지 지옥이라고 생각할 테다,
이 머리를 품은 내 기형의 몸통이
영광스런 왕관으로 둘러싸이기까지는.
그렇지만 난 몰라 왕관을 획득할 방법을,
숱한 것들이 살아 서 있거든 나와 내 목표 사이에.
그리고 나는—가시 많은 숲 속 길을 잃은 사람 같지,
가시를 뜯어내고 가시에 찢기는 사람,
길을 찾으며 길에서 벗어나는,
열린 하늘을 어떻게 찾을지 모르는,
그러나 그것을 찾으려 필사적인 사람 같아—
자학한다 잉글랜드 왕관을 손에 넣으려고.
이제 난 그 고통에서 날 해방시킬 테다,
아니면 피투성이 도끼로 길을 내던가.

아니, 난 미소 지을 수 있고, 미소 지으며 살인할 수 있고,
내 맘 슬프게 하는 것들한테 '만족이오!' 외칠 수 있고,
부러 꾸민 눈물로 내 뺨을 적실 수 있고,
온갖 상황에 맞게 표정을 지을 수 있다.
난 선원들을 익사시킬 테다 인어보다 더 많이,
난 나를 쳐다보는 자를 죽일 테다 바실리스크 이상으로,
난 웅변가 노릇을 네스토르만큼 잘 해낼 테다,
속일 테다 율리시즈보다 더 교묘하게,
그리고, 시논처럼, 또 다른 트로이를 접수할 테다.
난 카멜레온보다 더 많은 색을 낼 수 있고,
프로테우스와 함께 외모를 바꿀 수 있다 그게 유리하다면,
그리고 흉악한 마키아벨리에게 한 수 가르칠 수 있다.
내가 이럴 수 있는데, 왕관을 못 얻는다?
지랄, 그게 더 멀리 있어도, 난 그걸 잡아챌 테다.

퇴장

3막 3장

왕궁, 프랑스

상석 두 개. 화려한 취주. 프랑스 루이 왕, 그의 처제 보나 숙녀, 해군장관 부르봉 경, 세자 에드워드, 마가릿 왕비, 그리고 옥스퍼드 백작 등장. 루이가 상석으로 올라가 앉는다, 그리고 다시 몸을 일으킨다.

루이 왕 잉글랜드의 아름다운 왕비, 귀하신 마가릿,
짐과 함께 앉으시오. 대접이 아니지요 그대 지위와 혈통에,
루이는 앉았는데 그대가 서 계셔야 한다면.

마가릿 왕비 아닙니다, 강력한 프랑스 왕이시여, 이제 마가릿은
몸을 낮추고 얼마 동안 배워야 해요 왕들의 호령하에
시중드는 법을. 저는, 사실대로 말씀드리자면,
위대한 알비온의 왕비였습니다 옛날의 황금 시절에,
하지만 이제 불운이 제 칭호를 짓밟았고,
치욕으로 저를 땅바닥에 눕혔으니,
거기서 저는 제 운에 맞는 의자에 앉고,
제 비천한 처지에 저를 순응시켜야겠지요.

루이 왕 왜요, 말하오, 아름다운 왕비, 이 깊은 절망의 연유는?

마가릿 왕비 제 두 눈을 눈물로 가득 채우고
제 혀를 중단시키고, 가슴은 근심으로 익사시킬 연유지요.

루이 왕 그게 무엇이든, 왕비께서는 왕비다운 처신을 하시어,
짐 곁에 앉으십시오.
[자기 옆 의자에 그녀를 앉힌다]
목을 내주시면 안 되죠
운명의 멍에에, 오히려 그대 불굴의 정신으로 하여금
여전히 말 달리게 해야 합니다, 불운을 물리치고 말이오.
알기 쉽게, 마가릿 왕비, 말해 주시오 그대의 슬픔을.
덜어 드리겠습니다, 프랑스 왕이 덜어 줄 수 있는 일이라면.
마가릿 왕비 자애로운 말씀이 축 처진 생각을 되살리고
혀가 묶인 제 슬픔에 발언 기회를 주시는군요.
이제, 그러므로, 알려 드리죠 고결하신 루이께,
헨리, 제 사랑의 유일한 소유자인 그가,
왕이 아니라 추방자 신세로 전락,
스코틀랜드로 강제 이주되어 홀로 남고,
오만한 야욕의 에드워드, 요크 공작은
찬탈합니다 왕의 칭호와 옥좌,
기름 부음 받은 적법한 잉글랜드 왕의 그것을.
이런 연유로 저, 불쌍한 마가릿이,
여기 내 아들, 세자 에드워드, 헨리의 상속자와 함께,
이렇게 간청드립니다, 폐하의 정당하고 합법적인 도움을.
폐하께서 기대를 저버리시면 우린 남은 희망이 없어요.
스코틀랜드가 돕겠다 하나, 도울 능력이 없습니다,
우리 백성과 우리 귀족 모두 현혹되고,
우리 보물 압수되고, 우리 군사들 달아나고,
그리고, 보다시피, 우리 자신은 무거운 곤경에 처했죠.

루이 왕 명성 높은 왕비, 고정하시고 폭풍우를 달래시오,
    짐이 해소 방안을 궁리해 보겠으니.
마가릿 왕비 우리가 지체할수록, 더 강해집니다, 우리 적들은.
루이 왕 궁리가 오랠수록, 내 도움은 커질 것이오.
마가릿 왕비 오, 하지만 초조야말로 진정한 슬픔의 시녀로군요.
    (워릭 백작 등장)
    저기 내 슬픔을 낳아 키우는 자가 오고 있고요.
루이 왕 누구요 저리 대담하게 짐의 안전으로 다가오는 저분이?
마가릿 왕비 우리 워릭 백작, 에드워드의 가장 위대한 친구죠.
루이 왕 어서 오시오, 용감한 워릭. 어쩐 일로 프랑스에 오시었소?

그가 내려온다. 그녀가 몸을 일으킨다.

마가릿 왕비 (방백) 그래, 이제 두 번째 폭풍우가 시작되는 거지,
    이자야말로 바람과 조류 양쪽을 일게 하는 놈이니.
워릭 (루이 왕에게) 날 보내신 분은 귀하신 에드워드, 알비온의 왕,
    저의 군주이자 폐하, 그리고 귀국의 맹세한 친구이십니다,
    저는 호의와 가식 없는 사랑으로 온 것이오,
    첫째, 국왕께 직접 인사를 올리고,
    그런 다음, 우호 동맹을 청하고,
    마지막으로, 그 우호를 확정키 위해서요,
    결혼의 매듭으로, 폐하께서 허락해 주신다면,
    미덕 넘치는 보나 숙녀, 폐하의 아름다운 처제를,
    잉글랜드 국왕의 합법적인 결혼 신부로 말입니다.
마가릿 왕비 (방백) 저 일이 진행되면, 헨리의 희망은 끝장이야.

워릭 〔보나 숙녀에게〕 그리고, 우아하신 부인, 우리 국왕께서는,
명하시었소 그분을 대신하여, 부인의 허락과 은총 하에,
몸 낮추어 부인 손에 입 맞추고, 내 혀로
그분 가슴의 열정을 전하라고 말이오,
그 가슴에 명성이, 근래 그분의 세심한 귀를 통해 들어와,
부인의 미덕과 미모의 심상을 심어 놓았다 하시었고요.

마가릿 왕비 루이 왕과 보나 숙녀, 내 말을 들어 주시오
두 분께서 워릭에게 답하기 전에. 워릭의 요구는
에드워드의 호의적인 진실된 사랑이 아니라,
기만의 소산이오, 어쩔 수 없는 기만의.
왜냐면 어떻게 폭군이 안전하게 국내를 통치하겠소
해외에 힘센 동맹을 획득해 놓지 않는 한?
그가 폭군임을 증명하는 데는 이런 이유로 충분하죠—
헨리가 아직 살아 있다는 거. 설령 그가 죽었단들,
아직 여기 에드워드 세자, 헨리 왕의 아들이 있다는 거.
조심하세요, 그러니, 루이, 이 동맹과 결혼으로,
폐하께서 위험과 불명예를 끌어들이지 않도록,
비록 찬탈자가 얼마 동안은 권력을 휘두르지만,
하늘은 정의롭고 시간은 불의를 누르는 까닭입니다.

워릭 무례한 마가릿이로다.

에드워드 세자 왜 '왕비' 호칭을 빼시오?

워릭 왜냐면 그대 아버지 헨리가 정작 찬탈을 했기 때문이지,
그녀가 왕비가 아니듯 그대도 세자가 아니고 말이지.

옥스퍼드 그렇다면 워릭은 말소하는 거요, 위대한 고온트의 존을,
스페인 대부분을 복종시킨 그분을

그리고, 고온트의 존 이후, 헨리 4세,
그 지혜가 최상의 현자한테조차 거울이었던 그분을
그리고, 그 현명한 군주 이후, 헨리 5세,
자신의 용맹으로 프랑스 전역을 정복했던 그분을.
이분들로부터 우리 헨리는 직계 혈통을 받았소.
워릭 옥스퍼드, 어인 일로 그 매끄러운 강의에서
그대는 언급 않는가 어떻게 헨리 6세가 잃었는지,
헨리 5세가 획득한 그 모든 것을?
이 프랑스 귀족분들은 그 대목에 미소 지을 것 같은데.
하지만 나머지로 말하자면, 그대가 논한 가계로는
62년치일세—하찮은 시간이지
왕국처럼 엄청난 것에 대한 권리를 요구하기에는.
옥스퍼드 아니, 워릭, 그대는 그대의 주군을 비난할 수 있소,
36년 동안 순종했던 그 주군을,
그런 반역이 낯뜨겁지도 않단 말이오?
워릭 옥스퍼드는 어찌, 늘 정의를 울타리 쳐 보호하더니,
이제 거짓을 계보로 막아 주려 하는가?
수치를 알라—헨리를 떠나고, 에드워드를 왕으로 칭하라.
옥스퍼드 그를 왕으로 칭하라고, 그 모욕적인 판결로
나의 형, 오브리 비어 경을,
죽인 그자를? 그리고 그보다 더, 내 아버지를,
무르익은 나이의 쇠락기 바로 그때,
자연이 죽음의 문턱으로 모셔갔던 때에 죽인 그자를?
싫다, 워릭, 싫어—생명이 이 팔을 지탱해 주는 한,
이 팔은 지탱하노라 랭커스터 가문을.

워릭 나는 요크 가문을 지탱하고.

루이 왕 마가릿 왕비, 에드워드 세자, 그리고 옥스퍼드,
부디, 짐이 부탁하노니, 옆으로 비켜서 주시오
짐이 워릭과 이야기를 계속하는 동안.

마가릿 왕비가 상석에서 내려오고, 에드워드 세자 및 옥스퍼드와 함께, 옆으로 비켜선다.

마가릿 왕비 하늘이여 워릭의 말에 그가 넋을 빼앗기지 않게 하소서.

루이 왕 자, 워릭, 내게 말해 보시오 그대 양심을 걸더라도,
에드워드가 그대의 진정한 왕이오? 왜냐면 난 혐오하오
적법하게 뽑히지 않은 자와 결탁하는 것을.

워릭 그렇다는 것에 내 신망과 명예를 걸겠습니다.

루이 왕 하지만 그가 자애롭소 백성들 눈에?

워릭 헨리가 그렇지 못했기에 더욱 그러합니다.

루이 왕 그렇다면 이제, 온갖 가식을 걷어치우고,
사실대로 말해 주시오 그가 얼마만큼 사랑하는지
우리 처제 보나를 말이오.

워릭 제가 보기에
그분 같은 군주에 걸맞는 정도로 사랑하십니다.
제가 직접 종종 들은 바 그분의 말씀과 맹세는
지금 이 사랑이 영원한 나무로다,
그 뿌리가 미덕의 토대에 단단히 내렸고,
열매와 잎새는 아름다움의 태양으로 유지되며,
악의는 면했으나, 모멸은 못 면하였다였습니다,

보나 숙녀께서 그의 고통을 끝내주셔야 면한다는 거죠.

루이 왕 〔보나 숙녀에게〕 이제, 처제, 말해 보오 어떤 결심이 섰는지.

보나 숙녀 폐하의 허락, 혹은 폐하의 거절이, 제 결심일 것입니다.

〔워릭에게〕 하지만 고백하자면 오늘 이전에도 종종,

그대 왕의 훌륭한 자질에 대해 들을 때마다,

내 귀가 판단을 욕망 쪽으로 꼬드겨 댔답니다.

루이 왕 〔워릭에게〕 그렇다면, 워릭, 이렇소—우리 처제를 에드워드에게 주겠소.

그리고 이제, 즉시, 문서를 작성케 하리다

그대의 왕이 서명할 미망인 유산 보증 계약서를,

그녀의 지참금과 대등한 균형으로 말이오.

〔마가릿 왕비에게〕 가까이 와서, 마가릿 왕비, 증인이 되어 주시오

보나가 잉글랜드 왕의 아내가 되리라는.

마가릿 왕비, 에드워드 세자, 그리고 옥스퍼드가 앞으로 나온다.

에드워드 세자 그 에드워드는, 잉글랜드의 왕이 아니오.

마가릿 왕비 사기꾼 워릭—네놈의 책략이로다

이 동맹으로 내 청원을 무화하려는!

네놈이 오기 전에는 루이가 헨리의 친구였니라.

루이 왕 그리고 여전히 친구요 그와 마가릿한테.

하지만 왕관에 대한 그대의 자격이 약하다면,

에드워드의 훌륭한 성공으로 보아 그런 듯하오만,

그렇다면 그것을 명분으로 내가 취소할 밖에

방금 전 내가 약속했던 지원을 말이오.

그렇지만 나는 그대에게 온갖 친절을 베풀 것이오
그대의 신분이 요구하고 내 신분이 허락할 수 있다면.

워릭 〔마가릿 왕비에게〕 헨리는 지금 스코틀랜드에서 편히 사오,
가진 것이 없으니, 잃을 것도 없는 곳이니까.
그리고 그대 자신으로 말하자면, 우리의 옛 왕비,
그대는 그대를 보살펴 줄 수 있는 아버지가 계시잖소,
그러니 프랑스보다는 그를 성가시게 하는 게 낫지.

마가릿 왕비 닥쳐라, 뻔뻔스럽고 수치를 모르는 워릭, 닥쳐!
왕을 일삼아 세웠다 쓰러트렸다 하는 오만한 자로다!
난 떠나지 않겠다 급기야, 내 말과 눈물로,
둘 다 진실로 가득 찼으니, 내가 루이 왕께 보여 줄 때까지,
네놈의 교활한 사기와 네놈 주인의 거짓 사랑을 말이다.

〔안에서 사자를 알리는 뿔나팔 소리〕

두 놈이 한 통속이니까.

루이 왕 워릭, 저기 사자가 오는구려, 짐에겐지 그대에겐지.

사자 등장

사자 〔워릭에게〕 대사님, 이 편지는 대사님 겁니다,
동생이신 몬테규 후작께서 보내셨어요
〔루이에게〕 이건 왕께서 폐하께 드리는 겁니다
〔왕비에게〕 그리고, 왕비님, 이건 왕비님 건데, 내가 모르는
사람이 전하라 했습니다.

그들이 모두 편지를 읽는다.

옥스퍼드 〔에드워드 세자에게〕 좋은 소식이네요, 아름다운 우리 왕비

마마께서는
미소를 짓는 반면, 워릭은 눈살을 찌푸리는 게.

에드워드 세자 저런, 루이는 발을 동동 구르네요 쐐기풀에 찔린 듯.
모두 아주 좋은 조짐이기는 한데.

루이 왕 워릭, 무슨 소식이요 당신은? 그대는요, 아름다운 왕비?

마가릿 왕비 제 건, 의외의 기쁨으로 제 가슴을 채우는 내용입니다.

워릭 내 건, 슬픔과 마음의 불만으로 가득 찼소.

루이 왕 뭐라! 그대의 왕이 그레이 부인과 결혼을 하였다?
그리고 이제 그대와 그의 사기 행각을 얼버무리려
종이쪽지 하나를 보내어 내게 인내를 설득하려 들어?
이것이 그가 프랑스와 맺고자 하는 동맹인가?
그가 감히 이런 식으로 날 조롱하는가?

마가릿 왕비 제가 폐하께 전에도 누차 말씀드렸지요—
이런 것이 에드워드의 사랑이고 워릭의 정직입니다.

워릭 루이 왕, 난 천명하오 하늘이 보는 이 자리에서
그리고 내가 천국의 축복 누릴 가망을 걸고,
난 에드워드의 이런 악행과 무관하다는 것을,
그는 더 이상 나의 왕이 아니오, 내게 불명예를 안겼으니,
기껏 그 자신일 뿐이지, 자신의 수치를 깨달을 수 있단들.
내가 잊었던가 요크 가문 때문에
내 아버지가 비명에 가셨다는 것을?
내가 눈감아 주었던가 내 조카딸이 당한 모욕을?
내가 그의 머리를 왕관으로 둘러싸 주었던가?

내가 헨리를 그의 상속권에서 밀어냈던가?
그래서 나는 마침내 치욕으로 보상받는 건가?
그자가 수치로다, 내가 의당 받을 보답은 명예이니.
그리고 명예를 되찾기 위해, 그자 때문에 잃었으니,
나는 이 자리에서 그를 버리고 헨리에게 돌아가노라.
〔마가릿 왕비에게〕 나의 고결한 왕비님, 구원을 잊어 주소서,
그러면 차후로 나는 왕비님의 진실된 신하입니다.
내가 복수해 드릴 테요 그자가 보나 숙녀께 한 짓거리를
그리고 다시 심을 테요 헨리를 그의 이전 자리에.

마가릿 왕비 워릭, 그 말씀이 내 증오를 사랑으로 바꾸었으니,
난 용서하고 싹 잊겠어요 옛날의 잘못을,
그리고 기쁩니다, 그대가 헨리 왕의 친구로 되어서.

워릭 너무나도 친구요, 그럼요, 그의 진정한 친구이니
루이 왕께서 우리에게
약간의 선발된 병력만 내주신다면,
내가 맡겠소 그들을 우리 해변에 상륙시켜
전쟁으로 폭군을 자리에서 쫓아내는 작전을.
허둥지둥 맞아들인 신부는 그를 도울 수 없을 터.
그리고 클래런스로 말하자면, 내 편지에 쓰인 대로라면,
그는 그에게서 떨어져 나올 가능성이 아주 큽니다
바람난 정욕 때문에 한 결혼이니까요, 명예를 위해서
혹은 우리 조국의 힘과 안전을 위해서가 아니라.

보나 숙녀 〔루이 왕에게〕 우리 형부, 어찌 보나가 복수를 하겠어요,
형부가 이 고통에 빠진 왕비를 도와주는 식으로 말고는?

마가릿 왕비 〔루이 왕에게〕 저명하신 군주, 불쌍한 헨리가 어찌 살겠

습니까
군주께서 그를 잔뜩 찌푸린 절망에서 구해 주지 않는 한?
보나 숙녀 〔루이 왕에게〕 제 싸움과 이 잉글랜드 왕비의 그것은 하나예요.
워릭 나의 싸움이, 아름다운 보나 숙녀, 두 싸움에 합류하고요.
루이 왕 나의 것도 그녀 것과, 그대 것과, 마가릿 것에.
그러므로 마침내 나는 확고하게 결심하오,
그대는 지원을 받게 될 것이오.
마가릿 왕비 이 자리에서 당장 몸을 숙여 감사를 표하고 싶습니다.
루이 왕 〔사자에게〕 그렇다면, 잉글랜드 사자, 속히 돌아가
전하거라 거짓된 에드워드, 너의 그 왕이라는 자에게,
프랑스의 루이가 가면극 배우 몇을 보낼 테니
그자와 그자의 신부 연회에 잘 쓰라고.
사태 진전은 네가 보았다, 가서 네 왕을 놀래켜 주거라.
보나 숙녀 〔사자에게〕 전하라, 그가 곧 홀아비 되리라는 희망으로,
내가 그를 위해 버들 화환 쓰겠노라고.
마가릿 왕비 〔사자에게〕 전하라 내가 상복을 제쳐 놓았고,
갑옷을 입을 준비가 되었다고.
워릭 〔사자에게〕 전하라 내 말, 그가 날 부당하게 대했고,
그러므로 내가 머지않아 그의 왕관을 벗길 것이라고.
〔돈을 주며〕 옛다 보수다—가거라.

사자 퇴장

루이 왕 이제, 워릭, 그대와 옥스퍼드는, 5천의 병력과 함께,
바다를 건너고 거짓된 에드워드에게 싸움을 거시오,

그러면, 때를 보아, 이 고결하신 왕비와
세자가 새 지원군을 이끌고 뒤따르게 될 것이오.
하지만, 가기 전에, 그대가 의문 하나를 풀어 줘야겠소.
짐에게 줄 그대 확고한 충성의 담보는 무엇이오?

워릭 이리하면 내 변함없는 충성의 보증이 되리다.
우리 왕비와 이 어린 세자께서 승낙해 주신다면,
내가 결합시키겠소 나의 장녀이자 나의 기쁨을
그에게 즉각 성스러운 혼인의 끈으로.

마가릿 왕비 좋아요, 승락하고말고요, 그리고 청혼에 감사드려요.
〔에드워드 세자에게〕 아들, 아름답고 미덕 있는 처녀이니,
망설일 것 없다. 네 손을 워릭에게 드리거라,
네 손과 더불어 되물릴 수 없는 네 신의도,
오로지 워릭의 딸만이 너의 것 되리라는 신의 말이다.

에드워드 세자 예, 그녀를 맞겠어요, 자격이 충분하니까요,
이 자리에서 내 맹세에 대한 담보로 제 손을 드리고요.

그가 워릭에게 손을 내민다.

루이 왕 예서 더 할 일이 있소? 병사들을 모집해야 하오,
그리고 그대, 부르봉 경, 짐의 해군장관은,
그들을 왕국 함대로 수상 운송할 것이오.
나는 기다리오 에드워드가 전쟁의 패배로 몰락할 날을
그가 괘씸하게도 프랑스 귀인과의 결혼을 농락했음이니.

모두 퇴장. 워릭은 남는다.

워릭 나는 에드워드로부터 대사로 왔으나,

돌아가는구나 그의 선서한 그리고 치명적인 적으로.
그가 내게 맡긴 것은 결혼 업무였으나,
무시무시한 전쟁이 그의 요구에 대한 답이 될 터.
그는 웃음거리로 만들 사람이 나밖에 없었단 말인가?
그렇다면 오로지 내가 그의 조롱을 슬픔으로 만들 터.
나는 그를 왕좌에 올린 대장이었고,
나는 그를 다시 끌어내릴 대장이 될 것이다.
내가 헨리의 비참을 동정해서가 아니라,
에드워드의 조롱을 되갚아 주려 하기에.

퇴장

제4막

태양이 뜨겁게 빛나오, 그리고, 우리가 지체한다면,
차갑게 깨무는 겨울이 망쳐 버리오 기대되는 수확을.

4막 1장

왕궁, 런던

글로스터 공작 리처드, 클래런스 공작 조지, 서머싯 공작, 그리고 몬테규 후작 등장

글로스터의 리처드 자 말해 봐, 클래런스 형, 어떻게 생각해요
그레이 부인과의 이 새로운 결혼을?
우리 큰 형이 훌륭한 선택을 하지 않았나?

클래런스의 조지 아아, 여기서 프랑스까지는 아주 멀잖아,
형이 어떻게 참고 기다리겠어 워릭이 돌아올 때까지?

서머싯 두 분, 그 얘기는 삼가세요—왕께서 오십니다.

화려한 취주. 에드워드 왕, 그의 왕비 그레이 부인, 펨브루크 백작, 그리고 스태포드 및 헤이스팅스 경 등장. 왕의 좌우로 네 명씩 시위한다.

글로스터의 리처드 잘 고른 그 신부도.

클래런스의 조지 형님께 내 생각을 솔직히 말씀드리려 해.

에드워드 왕 근데, 클래런스 동생, 짐의 선택이 어떻길래,
시무룩히 서 있는 게냐, 뭔가 불만인 것처럼?

클래런스의 조지 프랑스의 루이 왕, 혹은 워릭 백작처럼 서 있죠,
그들은 워낙 용기와 판단력이 허약해서

우리의 모독에도 전혀 기분 상하지 않을 테니.

에드워드 왕 그들이 명분 없이 화를 낸다 치자—

그들은 루이고 워릭일 뿐이야, 나는 에드워드니라,

너의 왕이자 워릭의 왕, 그러니 내 뜻대로 할 밖에.

글로스터의 리처드 그러셔야 하고요, 우리의 왕이시니.

하지만 서둘러 치른 결혼은 끝이 좋은 경우가 드물어요.

에드워드 왕 그래, 리처드 동생, 너도 언짢은 게냐?

글로스터의 리처드 아녜요, 난, 아니죠—맙소사죠, 하나님이

맺어 준 사람들의 갈라섬을 원한다면. 예, 끔찍도 하고요,

떡치기 찰떡궁합을 둘로 가른다는 게 말예요.

에드워드 왕 야지와 불만은 한쪽으로 치워 두고,

말해 보거라 어떤 이유로 그레이 부인이

내 아내이자 잉글랜드의 왕비가 되면 안 되는지.

그대들 또한, 서머싯과 몬테규,

생각하는 바를 기탄없이 말하시고요.

클래런스의 조지 그렇다면 내 의견은 이래요. 루이 왕은

폐하의 적이 됩니다, 폐하가 조롱했기 때문이죠

보나 숙녀와의 결혼에 대해서 말입니다.

글로스터의 리처드 워릭도, 폐하가 맡긴 일을 하다가,

이제 망신살이 뻗치는 거죠 이 새로운 결혼으로.

에드워드 왕 루이와 워릭 두 사람 모두 달랠

방책을 내가 마련해 보면 어떻겠는가?

몬테규 하지만, 그 동맹으로 프랑스와 결속했다면

더 강화했을 겁니다 우리의 이 연방을

외국의 폭풍에 맞서 어떤 국내산 결혼보다도.

헤이스팅스 아니, 모르시는가 몬테규는 잉글랜드가,
그 자체 진실되다면, 저절로 안전하다는 것을?
몬테규 하지만 더 안전하지요, 프랑스를 업으면.
헤이스팅스 프랑스를 이용하는 게 더 낫소 프랑스를 믿는 것보다.
우리는 하나님을 업고 바다를 업읍시다,
하나님께서 난공불락의 울타리로 주신 바다 말이오,
그리고 그 도움만으로 지키는 거예요 우리 자신을.
그것과 우리 자신한테 우리의 안전은 달려 있소.
클래런스의 조지 그 한마디로 헤이스팅스 경은 충분하시오,
헝거포드 경의 부자 상속녀와 결혼할 자격이.
에드워드 왕 그래, 그게 어때서? 그건 내 뜻이고 내 허락이었다—
그리고 이번 일만큼은 내 뜻이 법이로다.
글로스터의 리처드 그렇지만, 내 생각에, 폐하가 잘못하신 거죠
스케일즈 경의 상속녀를
폐하가 사랑하는 신부의 동생에게 주다니.
그녀는 더 잘 어울렸을 텐데요 나나 클래런스 형에게,
하지만 신부 때문에 폐하는 형제를 잊으셨으니.
클래런스의 조지 아니고서야 폐하가 주셨을 리 없지 본빌 경의
상속녀를 폐하 새 부인의 아들에게,
폐하 형제들은 뻰질나게 딴 데를 알아보게 두고 말이오.
에드워드 왕 저런, 불쌍한 클래런스, 아내가 없어
그리 불만이었더냐? 내가 구해 주마.
클래런스의 조지 폐하 혼자 고르신 고로 드러난 폐하 눈썰미가
얕으므로, 폐하께서는 허락해 주세요
내가 내 자신의 중매쟁이 노릇을 하도록,

그리고 그 일로 저는 곧 폐하를 떠날 생각입니다.

에드워드 왕 떠나거나, 아니면 머물거나. 에드워드는 왕이고
자기 동생들의 뜻에 얽매이지 않을 것이니라.

그레이 부인 두 분, 폐하께서 뜻대로
내 신분을 왕비 칭호로 격상시키기 전에,
부당함만 삼가신다면, 두 분 모두 솔직히 인정하실 겁니다
내 출신이 비천하지는 않다는 것을—
그리고 나보다 낮은 출신이 같은 행운을 누리기도 하였소.
하지만 이 칭호가 나와 내 자식들을 명예롭게 하는 만큼,
그렇게 두 분의 반감은, 내가 잘 보이고 싶은 분들이기에,
내 기쁨을 정말 불안과 슬픔의 먹구름으로 흐리지요.

에드워드 왕 내 사랑, 그들의 눈살 찌푸림에 쩔쩔맬 거 없어요.
어떤 위험과 어떤 슬픔이 당신께 닥치겠소
에드워드가 당신의 변함없는 친구고,
저들의 진정한 군주, 그들이 복종해야 하는 그것인 한?
그럼요, 내게 복종할 밖에, 또한 당신을 사랑할 밖에 없소—
그들이 내 손에 증오를 부채질하려는 게 아닌 한,
그리고 그런단들, 여전히 난 당신을 안전하게 지켜 줄 테고,
그들은 내 분노의 복수를 맛보게 될 거요.

글로스터의 리처드 〔방백〕 난 듣지만, 말은 많이 안 하네, 그러나 들은 이상을 생각하지.

프랑스에서 온 사자 등장

에드워드 왕 그래, 사자, 무슨 편지 혹은 소식이냐 프랑스로부터?

사자 나의 주군이신 폐하, 편지는 없고, 말은 몇 마디뿐이오나,

너무나 어마어마한 내용이라, 폐하의 특별한 용서 없이는,
감히 발설을 못하겠나이다.

에드워드 왕 원 별, 짐은 그대를 용서하노라. 그러니, 간략하게,
전하라 그들의 말을 최대한 근접하게.
뭐라 답하던가 루이 왕이 짐의 편지에?

사자 제가 떠나올 때 그가 한 말을 그대로 옮기자면,
'전하거라 거짓된 에드워드, 너의 그 왕이라는 자에게,
프랑스의 루이가 가면극 배우 몇을 보낼 테니
그자와 그자의 신부 연회에 잘 쓰라고.'

에드워드 왕 루이가 그리 담대해? 날 헨리로 착각한 모양이지.
근데 보나 숙녀는 내 결혼에 대해 뭐라더냐?

사자 그녀의 말은 이랬습니다, 가벼운 경멸을 섞어.
'전하라, 그가 곧 홀아비 되리라는 희망으로,
내가 그를 위해 버들 화환 쓰겠노라고.'

에드워드 왕 그녀는 탓할 거 없니라, 정말 최소치 말이거든,
그녀한테는 내가 잘못했지. 하지만 뭐라더냐 헨리 왕비는?
그녀가 거기 있었다고 들었느니라.

사자 '전하라', 그녀는 이랬습니다, '내가 상복 차림을 끝냈고,
갑옷을 입을 준비가 되었다고.'

에드워드 왕 그녀가 아마존 행세를 할 생각이군.
그리고 워릭은 뭐라더냐 이 명예 훼손에 대해?

사자 그분은, 폐하에 대해 나머지 모두를 합한 것보다
더 격앙되어, 이런 말과 함께 절 보냈지요.
'전하라 내 말, 그가 날 부당하게 대했고,
그러므로 내가 머지않아 그의 왕관을 벗길 것이라고.'

에드워드 왕 하! 반역자가 그렇게 오만한 말을 내뱉어도 되나?
좋아, 내 무장을 할 테다, 이렇게 사전 경고를 받았으니.
그들은 전쟁을 치르고 지불하게 되리라 주제넘었던 값을.
그러면 사자, 워릭이 마가릿 우군이 된 건가?

사자 예, 자애로우신 폐하, 그들이 아주 돈독한 우의를 맺어
어린 세자 에드워드가 워릭의 딸과 결혼을 합니다.

클래런스의 조지 아마 언니겠지, 클래런스는 동생을 맞을 테요.
이제, 국왕 형님, 안녕이오, 자리를 꽉 붙잡으시고,
왜냐면 여기를 떠나가겠소 워릭의 다른 딸에게로,
비록 내게는 왕국이 없지만, 결혼에서는
제가 형님보다 못하지 않을 수 있음을 보여 주려 함이오.
여러분 중 나와 워릭을 사랑하는 사람, 나를 따르시오.

클래런스 퇴장, 그리고 서머싯이 뒤따른다.

글로스터의 리처드 난 아니오—(방백) 내 의중은 더 먼 데지.
난 머문다 에드워드 사랑 아니라, 왕관 때문에.

에드워드 왕 클래런스와 서머싯 두 사람 다 워릭한테로?
하지만 난 무장이 되어 있다 최악의 사태에 맞서,
그리고 신속을 요하지 이런 절박한 사태는.
펨브루크와 스태포드, 두 분은 짐을 대리하여
가서 병력을 모집하고 전쟁 채비를 하시오.
그들은 이미 상륙했거나, 곧 상륙할 것이오.
내 자신 몸소 곧장 그대들을 따르겠소.
(펨브루크와 스태포드 퇴장)
하지만 내가 가기 전에, 헤이스팅스와 몬테규,

풀어 주오 내 의심을. 그대들 두 분은, 나머지 모두 중
워릭과 가장 가깝소 혈통과 동맹에서.
말해 주시오 두 분이 나보다 워릭을 더 사랑하는지.
만일 그렇다면, 그렇다면 두 분 모두 그에게로 떠나시오—
나는 차라리 두 분이 적이기를 바라오 거짓된 친구로 있느니.
하지만 두 분께서 진정한 충성을 유지할 마음이라면,
내게 확신을 주시오 어떤 우호적인 선서로,
내가 결코 두 분을 의심하는 일 없도록 말이오.

몬테규 하나님 몬테규의 진실됨을 도우소서.

헤이스팅스 헤이스팅스의 에드워드 명분 옹호도 도우소서.

에드워드 왕 자, 리처드 동생, 너는 짐의 편에 서겠느냐?

글로스터의 리처드 예, 형님께 저항하는 온갖 것에 맞서.

에드워드 왕 아무렴, 그렇지. 그렇다면 승리가 분명하다.
이제, 그러므로, 여기를 떠나 일각도 지체 맙시다
우리가 외국 군대를 거느린 워릭과 마주칠 때까지.

모두 퇴장

4막 2장

워릭 근처 들판

워릭 및 옥스퍼드 백작, 프랑스 군대를 거느리고 등장

워릭 참으로, 백작, 이제까지 모든 게 잘 되었소.
평민들이 떼로 우리 편에 가담 중이오.
〔클래런스 및 서머싯 공작 등장〕
근데 저기 서머싯과 클래런스가 오네요.
까놓고 말합시다, 영주분들, 우리 모두 친구요?

클래런스 그 점은 염려 마십시오, 영주님.

워릭 그렇다면, 고결한 클래런스, 워릭이 반가이 맞아 드리오—
잘 오셨구요, 서머싯. 난 비겁하다고 봅니다
의심을 하는 것은, 고결한 가슴이
펼친 손을 사랑의 표식으로 담보 잡히는 데도 말이죠,
그렇지 않다면 난 클래런스, 에드워드의 동생을
우리의 진군에 그냥 친구인 척한다고 밖에 생각 안 했겠죠.
하지만 오시오, 상냥한 클래런스, 내 딸을 당신께 드리리다.
그러면 이제 남은 일이 뭐겠소, 오로지, 밤을 은폐물 삼아,
그대 형의 진영 배치가 허술하고,
군사들이 빈둥거리며 거리를 쏘다니고,

간단한 파수만 세워 놓았을 뿐인 이때,
우리가 급습을 하여 그를 맘대로 사로잡는 것 말고는?
정찰대 보고로는 이 작전이 아주 쉬울 것이라 하오,
즉, 율리시즈와 강건한 디오메드가
몰래 그리고 배짱 좋게 레수스 막사로 숨어들어
거기서 트라키아의 그 치명적인 말을 훔쳐냈듯,
우리도, 밤의 새까만 망토로 훌륭하게 은폐되어,
불시에 에드워드의 경계를 허물고
그를 잡을 수 있소—난 '그를 도살하라' 하지 않았소,
난 사로잡겠다는 것뿐이니.
이 작전에 나를 따를 자
지휘관과 함께 환호하라 헨리의 이름을.

〔그들이 모두 '헨리'를 외친다〕

좋소, 그렇다면, 소리 없이 착수합시다,
워릭과 그의 친구들, 하나님과 조지 성인을 위해!

모두 퇴장

4막 3장

워릭 근처 에드워드 왕 진영

세 야간 경비병 등장, 에드워드 왕의 막사를 지킨다.

첫 번째 야간 경비병 어서, 이보게들, 각자 위치로 가.
　　왕께서는 이 시각이면 앉아서 주무실 게야.
두 번째 야간 경비병 왜, 침대에 눕지?
첫 번째 야간 경비병 그렇지 않아—숭고한 맹세를 하셨거든
　　누워서 자연의 휴식을 취하지 않겠다고
　　워릭이건 그 자신이건 완전히 끝장을 볼 때까지는.
두 번째 야간 경비병 그렇다면 내일이 그날일 게야,
　　소문대로 워릭이 그리 가까이 있다면.
세 번째 야간 경비병 근데 여보게, 저 귀족은 대체 누군데
　　왕과 함께 막사에서 쉬는 겐가?
첫 번째 야간 경비병 헤이스팅스 경이야, 왕의 가장 주요한 친구지.
세 번째 야간 경비병 오, 그런가? 근데 왜 왕께서는
　　주요 추종자들한테 주변 도시들에 머물라 명하고
　　자신은 차가운 들판에서 야영 노숙을 하시는 거지?
두 번째 야간 경비병 더 명예롭다는 거지, 더 위험하니까.
세 번째 야간 경비병 아, 하지만 권위와 고요를 누린다면—
　　난 그게 더 나을 것이구먼 위험한 명예보다.

워릭이 이 상황을 알아채면,
그가 왕을 깨우지 않을까 두렵군.

첫 번째 야간 경비병 우리 도끼창병들이 죽어라 막아야지 뭐.

두 번째 야간 경비병 그럼, 우리가 국왕 막사를 지키는 이유가
바로 적의 야습에서 그분 몸을 지키려는 것 아닌가?

워릭 백작, 클래런스 공작 조지, 옥스퍼드 백작, 그리고 서머싯 공작, 그리고 프랑스 병사들 모두 소리 없이 등장

워릭 이것이 그의 막사야—보초 위치를 살피고.
용기를 내게, 이보게들—명예는 지금이거나 영영 없나니!
하지만 나를 따르면, 에드워드는 우리 것 되리라.

첫 번째 야간 경비병 거기 누구요?

두 번째 야간 경비병 서지 않으면 죽인다!

워릭과 나머지 모두 '워릭, 워릭!' 외치며 경비병들을 공격하고, 경비병들이 '적이다, 적이다!' 외치며 달아나고, 워릭과 나머지 사람들이 그들을 추격한다.

4막 4장

장면 계속

북 치는 고수와 나팔 부는 나팔수와 함께, 워릭 백작, 클래런스 공작 조지, 옥스퍼드 백작, 서머싯 공작, 그리고 나머지 사람들이 잠옷 차림으로 의자에 앉은 에드워드 왕을 데리고 등장. 글로스터 공작 리처드와 헤이스팅스 경은 무대를 가로질러 도망친다.

서머싯 저기 달아나는 게 누군가?

워릭 리처드와 헤이스팅스지. 가게 두시오. 여기 공작을 잡았으니.

에드워드 왕 '공작'이라! 이런, 워릭, 우리가 헤어질 때는,
네가 날 왕이라 불렀다.

워릭 그랬소, 하지만 경우가 달라졌지.
당신이 대사직 수행 중인 나의 명예를 실추시켰으니,
내가 당신의 왕 칭호를 깎아내렸고,
이제 와서 그대를 요크 공작에 봉하는 바요.
아, 그대가 어찌 왕국을 다스린다 하겠소
대사 대접할 줄도 모르면서,
뿐인가 아내 한 명으로 만족할 줄도 모르면서,
뿐인가 형제를 형제답게 대우할 줄도 모르면서,
뿐인가 백성의 복지를 위해 공부할 줄도 모르면서,

뿐인가 적으로부터 몸을 숨길 줄도 모르면서?

에드워드 왕 〔조지를 보며〕 그래, 클래런스 동생, 너도 여기 있는가?
쯧, 그렇다면, 에드워드는 몰락할 밖에 없겠도다.
하지만, 워릭, 온갖 불운에도 불구하고,
그대 자신과 그대 도당에도 불구하고,
에드워드는 언제나 왕으로 거동할 것이다.
운명 여신의 악의가 내 자리를 무너뜨렸으나,
내 마음은 초월하노라 그녀 바퀴의 둘레를.

워릭 그렇다면, 마음속으로, 에드워드가 잉글랜드의 왕 하든지.
〔그가 에드워드의 왕관을 벗긴다〕
하지만 헨리가 이제 잉글랜드 왕관을 쓸 것이다.
그리고 참으로 진정한 왕일 것이다. 그대는 그림자일 뿐.
서머싯 경, 내가 요청드리니,
조처를 취해 주시오, 즉시, 에드워드 공작이 압송되도록,
내 동생, 요크 주교한테로 말이오.
펨브루크 및 그 일당과 전투를 벌인 후,
내 뒤따라가겠소. 그리고 전하리다, 답변을
루이와 보나 숙녀가 그에게 어떤 내용으로 보냈는지.
이제 잠시 헤어지지요, 우리 요크 공작.

그들이 에드워드를 강제로 끌어내기 시작한다.

에드워드 왕 운명이 부과하는 것을, 사람들은 감수해야 하느니.
바람과 조류 양쪽에 저항해 봐야 쓸데없도다.

몇몇이 에드워드를 데리고 퇴장

옥스퍼드 이제 무엇이겠소 우리한테 남은 과제가,

병사들을 이끌고 런던으로 진군하는 것 말고는?

워릭 맞아요, 그게 우리가 해야 할 첫 번째 일이오—

헨리 왕을 감옥에서 해방시켜

옥좌에 앉혀 드려야죠.

모두 퇴장

4막 5장

왕궁, 런던

리버즈 백작과 그의 누나 그레이 부인, 에드워드의 왕비 등장

리버즈 마마, 왜 급작스레 맘이 바뀐 겁니까?

그레이 부인 아니, 아직 모르느냐

어떤 불운이 에드워드 왕께 닥쳤는지?

리버즈 뭐라? 총력전 같은 데서 패했나요 워릭한테?

그레이 부인 차라리 그게 낫지, 그분 옥체를 빼앗겼어요.

리버즈 돌아가셨다구요?

그레이 부인 그래, 그런 셈이지—포로로 잡히셨으니,

경비의 기만에 배신당하셨던지

아니면 불의의 습격을 적한테 당하셨겠지,

그리고, 더 알아보니,

얼마 전 넘겨졌어 요크 주교한테,

그는 잔학한 워릭의 동생이니, 우리의 적이지.

리버즈 이 소식은, 말하기 그렇지만, 유감천만이군요.

하지만, 자애로우신 마마, 가능한 한 견디셔야죠.

워릭이 질 수도 있어요, 지금은 승리자지만.

그레이 부인 그때까지 나도 희망으로 목숨을 지켜야지,

그리고 난 더더욱 절망의 젖을 떼야 하니라,

내 배 속 에드워드의 자식을 사랑하니까,
이 아이 때문에 내가 감정을 억제하고
순순히 내 불운의 십자가를 지는 거란다.
그래, 맞아, 이 애 때문에 숱한 눈물을 끌어당기고
막는구나 피를 빨며 이는 한숨을,
내 한숨 혹은 눈물로 말라죽거나 익사하면 안 되지
에드워드 왕의 열매, 정통 잉글랜드 왕관 계승자가.

리버즈 그런데 마마, 그 후 워릭은 어디로 갔죠?

그레이 부인 내 듣기로 그는 런던을 향하고 있단다
왕관을 다시 한 번 헨리 머리에 올리기 위하여.
나머지는 짐작뿐—에드워드 왕 친구들이 치겠지.
하지만 폭군의 폭압을 피하려면—
한 번 맹세를 깬 사람은 믿을 수 없지—
즉시 여길 떠나 지성소로 가야 해,
그래야 에드워드의 권리 계승자라도 구하지.
난 거기 있겠어 강제와 협잡이 미치지 못하게.
가자, 그러니, 달아날 수 있을 때 달아나자구.
워릭이 우릴 잡으면, 우린 죽은 목숨이야.

퇴장

4막 6장

요크셔, 요크 주교의 사냥터

글로스터 백작 리처드, 헤이스팅스 경, 그리고 기사 윌리엄 스탠리 경이 병사들과 함께 등장

글로스터의 리처드 자 우리 헤이스팅스 경과 윌리엄 스탠리 경,
놀라지 마시라 내가 왜 그대들을 이리 데려왔는지
사냥터의 가장 주요한 이 덤불로 말이오.
상황은 이러하오. 아다시피 우리 왕, 나의 형께서
여기 주교한테 억류되어 있는데, 주교의 대접이
꽤나 친절하고, 상당한 자유를 허용하고 그래서,
자주 그냥 허술한 경비만 달고,
이 길로 사냥을 다니며 소일하신다는 거요.
내 그분께 알렸소이다 은밀한 수단으로
이 시간쯤 그분이 이 길을 지나가시면,
평소대로 사냥하는 척하면서 말이오, 그러면
여기서 말과 병사를 갖춘 친구들을 만나리라고
그들이 그분을 감금에서 해방시킬 것이라고.

에드워드 왕이 사냥꾼 하나를 데리고 등장

사냥꾼 이쪽입니다, 나리—이쪽에 사냥감이 있어요.

에드워드 왕 아니지, 이쪽이야—저기 사냥꾼들이 있잖나.

그래, 글로스터 동생, 헤이스팅스 경과, 나머지 분들,

이리 감쪽같이 숨어들어 주교 사슴을 훔쳐 가면 쓰나?

글로스터의 리처드 형님, 시간이 없고 사안이 중대하오.

말을 준비해 놨어요 사냥터 모퉁이에.

에드워드 왕 하지만 어디로 갈 것이냐 그렇다면?

헤이스팅스 린으로요, 주군.

그리고 거기서 배로 플랑드르를 향합니다.

글로스터의 리처드 좋은 생각이야, 정말—

내 생각이 바로 그거였거든.

에드워드 왕 스탠리, 내 보답하겠소 그대의 열성에.

글로스터의 리처드 빨리 가야잖아요? 이럴 시간 없소.

에드워드 왕 사냥꾼, 어쩌겠는가? 짐과 함께 가겠는가?

사냥꾼 그게 낫지요 남아서 교수형 당하느니.

글로스터의 리처드 그럼 갑시다—더 이상 꾸물대지 말고.

에드워드 왕 주교, 잘 있게—워릭이 눈살 찌푸릴 텐데.

내가 왕관을 되찾도록 기도해 주고.

모두 퇴장

4막 7장

런던탑

화려한 취주. 워릭 백작과 클래런스 공작 조지가 왕관을 들고 등장. 그런 다음 헨리 왕, 옥스퍼드 백작, 서머싯 공작이 리치먼드 백작 헨리, 몬테규 후작, 그리고 탑 책임관과 함께 등장

헨리 왕 책임관 선생, 이제 하나님과 친구들이
에드워드를 왕좌에서 떨쳐내고
바꿔 주는구려 나의 유폐 상태를 해방으로,
나의 두려움을 희망으로, 나의 슬픔을 기쁨으로,
짐의 방면에 얼마를 주면 되겠소?

책임관 신민이 주군께 대가를 요구하는 법은 없습니다—
하지만 비천한 기도나마 들어주신다면,
저는 폐하의 용서를 간청하나이다.

헨리 왕 뭣 때문에, 책임관? 내게 잘 대해 준 것 때문에?
아니지, 확실히 내 보상하겠소 그대의 친절에,
그것이 내 감옥 생활을 기쁨으로 만들었으니까—
그래, 그런 기쁨이었지 새장에 갇힌 새가,
한참을 시무룩하다가,
마침내 가정의 화음 선율을 듣고 느끼는,
자유의 상실을 완전 망각하고 말이오.

하지만 워릭, 하나님 다음, 그대가 날 풀어 주었고,
주로 그 때문에 나는 감사하오 하나님과 그대에게.
하나님이 작곡자였고, 그대가 악기였소.
그러므로, 나는 운명 여신의 앙심을 누르고,
낮은 곳 살기 위하여, 그녀가 날 해칠 수 없는
그곳에 살기 위하여, 그리고 이 축복받은 땅 백성이
내 불운의 별 때문에 혹사당하면 안 되므로,
워릭, 비록 내 머리는 여전히 왕관을 쓰겠으나,
나는 이 자리에서 통치권을 그대에게 양도하겠소,
그대는 온갖 행동에 운이 따르니 말이오.

워릭 폐하께서는 늘 미덕으로 명성이 높으셨고,
이제 미덕 못지않게 현명까지 과시하시는군요
운명 여신의 악의를 간파하고 피하시다니,
운명과 옳게 화해하는 사람은 몇 안 되니까요.
하지만 이 점 하나만은 폐하 잘못을 지적해야겠소,
클래런스가 있는데 나를 선택하시다니.

클래런스의 조지 아니오, 워릭, 그대가 통치 적임자요,
하늘이 그대에게 태어날 적에
점지한 거요 올리브 가지와 월계관을,
평화와 전쟁 때 모두 축복받을 인물로 말이오.
그러니 그대에게 내 뜻에 의한 동의를 바치겠소.

워릭 난 오로지 클래런스만을 호국경으로 택하겠고요.

헨리 왕 워릭과 클래런스, 두 분 모두의 손을 내게 주시오,
이제 손을 합치고, 손과 더불어 가슴도 합치시오,
불화가 통치를 방해하는 일 결코 없도록.

내 두 분 모두를 이 나라 호국경으로 삼겠소,
반면 나는 개인의 삶을 영위하고
여생을 신앙에 바치겠소,
죄를 꾸짖고 내 창조주님을 찬송하면서 말이오.
워릭 어찌 답하시겠소 클래런스는 주군의 뜻에?
클래런스의 조지 동의한다 답하겠소, 워릭이 동의해 준다면,
그대의 행운에 내 자신 의지하는 터이니 말이오.
워릭 저런, 그렇다면, 내키지 않지만, 내가 양보해야겠구려.
멍에를 같이 지십시다, 두 겹 그림자처럼
헨리 몸에 붙어, 그의 자리에 들어섭시다—
행정의 무게를 지어 드리자는 말이오—
그리고, 클래런스, 그렇다면 지금 가장 시급한 일은
즉각 에드워드를 반역자로 선포하고,
그의 땅과 재화를 몰수하는 일이오.
클래런스의 조지 달리 뭐겠소? 왕위 계승권을 결정하는 일하고.
워릭 그렇소, 그 논의에 클래런스가 빠져서는 안 될 것이오.
헨리 왕 하지만 그대들의 가장 주요한 일과 더불어,
내가 간청케 해 주오—난 더 이상 명하지 않으니까—
그대들의 왕비 마가릿과 내 아들 에드워드에게
사람을 보내어, 프랑스에서 속히 돌아오게 해 달라고.
왜냐면, 여기서 그들을 볼 때까지는, 혹시나 하는 두려움이
내 자유의 기쁨을 반쯤 갉아먹으니까.
클래런스의 조지 그리할 것입니다, 폐하, 최대한 빠르게.
헨리 왕 우리 서머싯 경, 그 소년이 누구길래
경께서 그리 자상하게 보듬고 계시오?

서머싯 주군, 이 아이는 어린 헨리, 리치먼드 백작입니다.
헨리 왕 이리 오너라, 잉글랜드의 희망.

(헨리 왕이 손을 헨리 머리에 얹는다)

비밀스런 힘이 내게 암시해 주는 예언 느낌이 맞다면,
이 어여쁜 아이는 장차 우리 조국의 축복일 것이오.
그의 표정은 평화로운 위엄이 가득하고,
그의 머리는 자연이 왕관을 쓰게 만든 틀이고,
그의 손은 왕홀을 휘두르게, 그리고 그 자신
때 되면 옥좌를 축복하게 만들어진 몸이구려.
그를 중히 여기시오, 경들, 왜냐면 바로 이 아이가 분명
그대들을 도우리다, 내가 준 상처보다 훨씬 더 많이.

사자 등장

워릭 무슨 소식인가, 자네?
사자 에드워드가 탈출했습니다 나리 동생분 주교한테서
그리고 도피처는, 그분이 나중 듣기로, 부르고뉴랍니다.
워릭 맛이 고약한 소식이로다—근데 어떻게 탈출했다더냐?
사자 그를 데려간 것은 글로스터 공작 리처드와
헤이스팅스 경이고, 그들이 그를 기다렸답니다
수풀가에서 은밀히 잠복한 채
그리고 주교의 사냥꾼에게서 구출했지요—
사냥이 그의 소일거리였으니까요.
워릭 내 동생이 임무를 너무 소홀히 했구나,
(헨리 왕에게) 하지만 자리를 파하고, 폐하, 마련하면 되죠
발생 가능한 어떤 상처에 더 바를 수 있는 고약을.

모두 퇴장. 서머싯, 리치먼드, 그리고 옥스퍼드는 남는다.

서머싯 〔옥스퍼드에게〕 영주, 난 에드워드의 도망이 싫구려,
부르고뉴가 분명 그에게 지원군을 내줄 것이고,
우린 머잖아 전쟁을 더 치르게 될 테니 말이오.
방금 헨리의 조짐 예언이
내 마음을 이 어린 리치먼드의 희망으로 기쁘게 해 주는
바로 그만큼 마음에 염려가 이오, 이 충돌 중에,
그가 어떻게 될지, 그와 우리가 다치지 않을까 말이오.
그러니, 옥스퍼드 경, 최악을 막기 위해,
즉시 그를 보냅시다 브레타뉴로,
폭풍이 지날 때까지, 내란의 적개심의 폭풍 말이오.
옥스퍼드 그러죠, 에드워드가 왕관을 되찾을 경우
리치먼드가 나머지와 함께 끝장날 수 있으니까.
서머싯 그리될 것이오—그를 브레타뉴로 보내야 해.
갑시다, 그러니, 그 일을 신속히 처리해야죠.

모두 퇴장

4막 8장

요크셔 해변 도시

화려한 취주. 에드워드 왕, 글로스터 공작 리처드, 그리고 헤이스팅스가 네덜란드 군부대와 함께 등장

에드워드 왕 이제, 리처드 동생, 헤이스팅스 경, 그리고 나머지 분들,
벌써 이 정도로 운명 여신이 우리를 정정해 주고,
말하오 다시 한 번 내가 바꾸게 되리라고
축소된 내 지위와 헨리의 왕관을 말이오.
우리는 잘 지나왔고 이제 바다를 다시 건넜고
데려왔소 욕망하던 지원군을 부르고뉴로부터.
그렇다면 남은 게 뭐겠소, 이렇게 레이븐즈퍼러에서
요크 성문 앞에 도착한 이상,
우리가, 우리의 공작령에 들어가듯, 입성하는 것 말고는?

헤이스팅스가 요크 성문을 두드린다.

글로스터의 리처드 문을 꽁꽁 잠갔어? 형님, 맘에 안 좋네요, 이건.
현관에서 넘어진 숱한 사례가
집안에 위험이 도사리고 있다는 예고였지요.
에드워드 왕 츳, 이 사람, 지금 징조에 놀란대서야.

무슨 방법을 쓰든 우린 들어가야 해,
여기라야 친구들이 우리한테 올 테니까.

헤이스팅스 주군, 제가 다시 한 번 두드려 그들을 불러 보겠습니다.

그가 문을 두드린다.
성벽 위로, 요크 시장과 시의원들 등장

시장 여러분, 오신다는 경고를 사전에 받고,
우리가 문을 닫았소 우리 자신의 안전을 위해—
지금 우리는 헨리에게 충성을 맹세한 처지지요.

에드워드 왕 그러나, 시장 선생, 설령 헨리가 당신 왕이란들,
에드워드는 최소한 요크 공작인 것이요.

시장 맞습니다, 우리 영주님, 당신을 그 이하로 보지 않아요.

에드워드 왕 암요, 그리고 내가 요구하는 것은 공작 직위뿐이오,
그것 하나로 아주 만족이니까.

글로스터의 리처드 〔방백〕 하지만 여우가 일단 코를 디밀면,
이내 방책을 찾아 몸이 뒤따르게 하겠지.

헤이스팅스 아니, 시장 선생, 뭐가 못 미더워 그러고 섰소?
대문을 여시오—우리는 헨리 왕의 친구들이오.

시장 예, 그러시단 말씀이지요? 그렇다면 문을 열어 드려야죠.

그들이 내려온다.

글로스터의 리처드 현명하고 용감한 시장인데, 곧 설득되네요.

헤이스팅스 저 노인네는 좋은 게 좋은 거죠,
자기가 책임질 일만 없다면. 일단 들어가기만 하면,

반드시, 내가, 아니 우리가 곧 설득하게 될 겁니다
그와 모든 시의원들을 정신차리게.

밑에서 시장과 두 시의원 등장

에드워드 왕 그러게, 시장 선생, 이 대문은 닫는 게 아녜요
밤이나 전시 중 말고는.
저런—겁먹지 말고, 노인장, 열쇠를 내게 건네시오.
〔에드워드 왕이 열쇠 몇 개를 시장한테서 빼어 든다〕
에드워드가 지켜 줄 것이거든 시와 당신을,
그리고 기꺼이 날 따르려는 모든 친구들을.

행군. 존 몽고메리 경이 고수 및 병사들과 함께 등장

글로스터의 리처드 형님, 이 사람은 존 몽고메리 경입니다,
믿을 만한 우리 친구죠, 제가 속은 게 아니라면.
에드워드 왕 잘 오시었소, 존 경—근데 왜 무장을 하고 오셨소?
몽고메리 폭풍을 겪고 계신 에드워드 왕을 돕기 위해섭니다,
충성스런 신하라면 누구나 그래야 하듯이요.
에드워드 왕 감사하오, 착한 몽고메리, 하지만 짐은 이제 잊었소
왕관에 대한 짐의 권리를, 그리고 요구할 뿐이오
짐의 공작령을, 나머지는 하나님 뜻에 맡기고요.
몽고메리 그렇다면 안녕입니다, 난 다시 가 버릴 테니까요.
나는 왕을 섬기러 왔지 공작을 섬기러 오지 않았소.
고수, 북을 울려라, 행군하며 이곳을 떠나자.

고수가 행군 북소리를 울리기 시작한다.

에드워드 왕 그게 아니고, 멈추오, 존 경, 잠시, 그리고 논해 봅시다
왕관을 다시 가져올 안전한 방법이 있을지.
몽고메리 무슨 의논을요? 간단히 말씀드려서
당신이 여기서 스스로를 우리 왕으로 선포하지 않는다면,
난 당신을 당신 운에 맡기고 가서
막을 겁니다 당신을 도우러 오는 사람들을.
왜 우리가 싸웁니까, 당신이 칭호를 요구하지도 않는데?
글로스터의 리처드 아니, 형님, 뭘 그리 까다롭게 따지십니까?
에드워드 왕 우리 힘이 더 강해졌을 때, 그때 요구를 하자는 거다.
그때까지는 우리 의도를 숨기는 게 현명이지.
헤이스팅스 꼼꼼히 생각할 거 없어요! 지금은 군대가 우선이죠.
글로스터의 리처드 겁 없는 정신이 가장 먼저 왕에 오르고요.
형님, 우리가 선포해 버릴게요, 형이 어찌할 수 없게,
그 소식이 숱한 친구들을 형한테 데려올 거요.
에드워드 왕 그렇다면 네 뜻대로 하거라, 나의 권리 맞으니까,
헨리는 왕관을 찬탈했을 뿐이고.
몽고메리 그렇죠, 이제야 내 주군께서 자신답게 말씀하시니,
저는 이제 에드워드의 투사일 것입니다.
헤이스팅스 나팔을 울려라, 에드워드가 여기서 선포될 것이다.
(몽고메리에게) 자, 동료 군인, 그대가 선포하시오.
몽고메리 에드워드 4세, 하나님의 은총으로 왕이시오,
잉글랜드와 프랑스의, 그리고 아일랜드의 주인—
그리고 누구든 에드워드 왕의 권리를 부인하는 자,
이것으로 내 일대일 결투를 청하노라.

그가 장갑을 내던진다.

모두 에드워드 4세 만세!

에드워드 왕 고맙소, 용감한 몽고메리, 그리고 그대들 모두 고맙소.

운명 여신이 날 섬긴다면 내 갚으리다 이 호의를.
자, 오늘 밤은, 여기 요크에서 묵읍시다,
그리고 아침 해가 그 수레를
이 지평선 경계 위로 올릴 때,
우리는 진격합시다 워릭과 그 동패들을 향해.
왜냐면 난 잘 아오 헨리는 군인이 아니지.
아, 빙퉁그러진 클래런스, 얼마나 사악한 꼴이냐 네가
헨리한테 아양을 떨고 네 형을 버리다니!
하지만, 그럴 것 같구나, 짐이 상대해 주마 너와 워릭 둘 다.
가자, 용감한 병사들아—승리를 의심치 말라
그리고, 승리만 한다면, 반드시 많은 보수를 주겠노라.

모두 퇴장

4막 9장

런던 주교의 궁전

화려한 취주. 헨리 왕, 워릭 백작, 몬테규 후작, 클래런스 공작 조지, 그리고 옥스퍼드 백작 등장

워릭 좋은 의견 있으시오, 경들? 에드워드가 벨기에로부터,
분별없는 게르만인과 무자비한 네덜란드인들을 이끌고,
안전하게 해협을 통과하였고,
그의 부대와 함께 정말 전속력으로 런던을 향하고 있소,
많은 정신 나간 백성들이 그에게 몰리고요.

헨리 왕 사람들을 징집하여 그를 다시 물리쳐야 하오.

클래런스의 조지 밟으면 금방 꺼지는 작은 불도,
그냥 놔두면, 강물로도 못 끄게 되지요.

워릭 워릭셔에 진심의 친구들이 있소,
평화 시에는 온순하지만, 전쟁 때는 용감합니다.
이들을 내가 소집하겠소. 그리고 그대, 클래런스 사위는,
분발시킬 일이오 서포크, 노포크와 켄트에서
기사와 신사들이 그대와 함께 오게끔.
그대, 몬테규 동생은, 버킹검,
노샘프턴, 그리고 라이스터셔에서 찾을 일이오
그대의 명령에 잘 따를 만한 사람들을.

그리고 그대, 용감한 옥스퍼드는, 놀랄 정도로 인기가 높은
옥스퍼드셔에서, 그대 친구들을 소집할 일이오.
주군께서는, 사랑하는 시민들과 함께,
대양으로 허리띠를 두른 주군의 섬나라처럼,
혹은 다이애나 여신이 요정에 둘러싸인 것처럼,
런던에 머무실 것이오 우리가 올 때까지.
공정한 경들, 작별의 예를 올리시오, 답례는 생략하오.
안녕히 계십시오, 폐하.

헨리 왕 잘 가오, 나의 헥토르, 그리고 내 트로이의 진정한 희망.

클래런스의 조지 진실됨의 징표로, 폐하 손에 입 맞추나이다.

그가 헨리 왕 손에 입을 맞춘다.

헨리 왕 호의의 클래런스, 행운을 빌겠소.

몬테규 편히 계십시오, 주군, 이렇게 작별의 예를 드리오니.

그가 헨리 왕 손에 입을 맞춘다.

옥스퍼드 그리고 이렇게 제 충성을 봉인하고 작별하옵니다.

그가 헨리 왕 손에 입을 맞춘다.

헨리 왕 상냥한 옥스퍼드, 그리고 내 사랑하는 몬테규,
그리고 모두 함께, 다시 한 번 행복하게 지내기를. 〔퇴장〕

워릭 안녕, 상냥한 경들—코번트리에서 만납시다.

따로따로 퇴장

4막 10장

장면 계속

헨리 왕과 엑스터 공작 등장

헨리 왕 궁정 이곳에서 좀 쉬어야겠소.
엑스터 친척, 경의 생각은 어떠하시오?
내 생각에 에드워드가 들판에 거느린 병력으로는
내 병력과 대적 못할 것 같은데.

엑스터 그가 나머지 사람들을 꼬드길까 봐 우려된다는 거죠.

헨리 왕 그건 내가 걱정 안 하오. 내 장점은 명성이 높소.
나는 그들의 요구에 내 귀를 막지 않았고,
그들의 청원을 꾸물대면서 연기한 적도 없소.
나의 긍휼은 그들의 상처를 치유하는 향유로 작용해 왔고,
나의 온화는 그들의 부풀어 오르는 슬픔을 완화해 왔고,
나의 자비는 말려 주었소 그들의 물처럼 흐르는 눈물을.
난 그들의 재산을 욕망한 적 없고
무거운 세금으로 그들을 억압한 적도 없고,
복수에 열심인 적도 없었소, 그들이 크게 잘못했더라도.
그런데 왜 그들이 나보다 에드워드를 더 사랑한단 말이오?
아니오, 엑스터, 이 미덕은 총애받아야 마땅하오.

사자가 양에게 잘 보이면
양은 마냥 사자를 따라다니는 법이고.

안에서 '랭커스터!' '요크!' 고함 소리

엑스터 들리세요, 들어 보세요 저 소리, 폐하—웬 고함 소리죠?

에드워드 왕과 글로스터 공작 리처드, 병사들을 데리고 등장

에드워드 왕 잡아라 저 겁 많은 헨리를—끌고 가라,
그리고 다시 한 번 짐을 잉글랜드 왕으로 선포하라.
너는 자그만 개울을 흐르게 하는 샘이로다.
이제 멈추라 너의 샘물을—나의 바다가 빨아들여 말리고,
그 썰물만큼 밀물 더 높아지게 되리니.
그를 탑으로 데려가라—말하게 두지 말라.
(몇 명이 헨리 왕과 엑스터를 끌고 퇴장)
그리고 영주분들, 코번트리로 우리 행로를 틉시다,
그곳에 횡포한 워릭이 지금 남아 있으니.
태양이 뜨겁게 빛나오, 그리고, 우리가 지체한다면,
차갑게 깨무는 겨울이 망쳐 버리오, 기대되는 수확을.

글로스터의 리처드 빨리 갑시다, 그의 병력이 합치기 전에,
그리고 그 대단해진 반역자를 불의에 사로잡아야죠.
용감한 전사들, 곧장 코번트리로 진군하라.

모두 퇴장

제5막

내 가슴으로 네 단도 날을 견디는 것이 더 낫구나
내 귀로 그 비극적인 이야기를 견디는 것보다.

5막 1장

코번트리 성벽 앞

워릭 백작, 코번트리 시장, 두 사자, 그리고 다른 사람들 성벽 위로 등장

워릭 어디 있느냐 용감한 옥스퍼드가 보낸 사자는?

〔첫 번째 사자가 앞으로 나온다〕

여기서 얼마나 멀리 계신가 네 주인은, 우리 충직한 친구?

첫 번째 사자 지금쯤이면 던스모어, 이리로 행군 중일 것입니다.

워릭 내 동생 몬테규는 얼마나 멀리 있는가?

몬테규가 보낸 사자는 어디 있느냐?

두 번째 사자가 앞으로 나온다.

두 번째 사자 지금쯤이면 데이븐트리, 강력한 부대와 함께요.

위에서 그들에게로 서머빌 등장

워릭 말하라, 서머빌—내 사랑하는 아들은 무슨 소식을?

그리고, 네 추측으로, 클래런스는 얼마나 왔느냐?

서머빌 사우덤에서 제가 그의 병력과 헤어졌고,

두 시간 정도면 여기 도착하지 싶습니다.

먼 데서 행군 소리

워릭 그렇다면 클래런스는 가까이 왔군—그의 북소리가 들려.

서머빌 그의 부대 것이 아녜요, 저하. 사우덤은 이쪽이지요.
저하께서 듣는 북소리는 워릭 쪽에서 행군 중입니다.

워릭 누굴까? 아마도, 기대치 않던 친구들이겠지.

서머빌 그들이 가까이 왔으니, 곧 알게 되실 겁니다.

화려한 취주. 밑으로 에드워드 왕, 그리고 글로스터 공작 리처드, 병사들과 함께 등장

에드워드 왕 가라, 나팔수, 성벽으로, 가서 회담 요청 나팔을 불라.

회담 요청 나팔 소리

글로스터의 리처드 지르퉁 워릭이 성벽 인원 배치한 꼴 좀 보소.

서머빌 오, 반갑잖은 앙심이로다—음탕한 에드워드께서 오셨나?
우리 정찰대는 어디서 잤길래, 혹은 뭘로 꼬드김 당했길래
우리가 그의 접근 소식을 못 들었단 말이냐?

에드워드 왕 이제, 워릭, 네가 도시 성문을 열겠느냐,
고운 말 쓰고, 겸허히 무릎을 꿇겠느냐,
에드워드를 왕이라 부르고, 그의 손에 자비를 청하겠느냐?
그러면 그가 용서할 것이다 이 무도함을.

워릭 아니, 이게 낫겠지, 너는 네 병력을 여기서 물리겠는가,
고백하겠는가 누가 너를 세우고 누가 너를 무너뜨렸는지,
워릭을 후원자라 부르고, 뉘우치겠는가?
그러면 너는 여전히 요크 공작으로 남을 것이다.

글로스터의 리처드 최소한 '왕'이라고는 하겠지 생각했는데.
아니면 저자는 본의에 어긋나게 농을 하게 된 건가?
워릭 공작령이면, 이자야, 괜찮은 선물 아니더냐?
글로스터의 리처드 그렇지, 참으로, 가난한 백작이 주기에는.
내 널 섬기마 그렇게 훌륭한 선물을 준다면.
워릭 바로 내가 왕국을 네 형에게 주었니라.
에드워드 왕 옳지 그렇다면, 그건 내 거네, 워릭이 준 게 좀 걸리지만.
워릭 넌 아틀라스가 못 되므로 그리 엄청난 무게를 감당 못하네.
그래서, 약골아, 워릭이 선물을 다시 가져가는 거란다.
그리고 헨리가 나의 왕이야. 워릭은 그의 신민이고.
에드워드 왕 하지만 워릭의 왕이 에드워드의 포로 되셨구나,
그리고, 용감한 워릭, 이 대답만 해 다오.
몸은 어디 있을까 머리가 떨어져 나가면?
글로스터의 리처드 아뿔싸, 워릭은 예상 못했나 보네,
하지만 그는 끗발 열을 훔쳐볼까 생각하다가
비열한 계략으로 아예 카드 한 벌에서 킹을 도둑 맞았네그랴.
〔워릭에게〕 네놈은 불쌍한 헨리를 주교 궁정에 두고 왔지,
그리고, 십중팔구 그를 탑에서 만나게 될 것이다.
에드워드 왕 바로 그래—〔워릭에게〕 하지만 넌 여전히 워릭이지.
글로스터의 리처드 어서, 워릭, 기회를 잡아야지—무릎 꿇어, 무릎을 꿇으라구.
에이, 언제? 바로 지금이야, 쳐야지, 아니면 쇠가 식어요.
워릭 난 차라리 단칼에 이 손을 잘라 내고,

다른 손으로 그걸 내 낯짝에 던지겠다,
네게 항복을 쳐댈 정도로 비천해지느니.

에드워드 왕 네가 쳐대든 말든, 바람과 조류를 친구로 두든 말든,
이 손이, 네 석탄-검정 머리칼에 친친 감겨,
필히, 네 머리가 뎁고 잘린 지 얼마 안 된 동안,
쓰리라 먼지에 이 문장을 네 피로.
'변덕스런 워릭은 이제 더 이상 변할 수 없노라.'

옥스퍼드 백작이, 고수와 기수들과 함께 등장

워릭 오 유쾌한 깃발들이여! 옥스퍼드가 저기 오는구나.

옥스퍼드 옥스퍼드, 옥스퍼드, 랭커스터를 위하여!

옥스퍼드와 그의 부하들이 무대를 가로지르고 도시 안으로 퇴장

글로스터의 리처드 (에드워드 왕에게) 대문이 열렸어요—우리도 들어가죠.

에드워드 왕 그러다 다른 적군이 우리 등을 공격하면?
우린 훌륭한 전투 대형을 유지한다, 왜냐면 그들이 분명
다시 밖으로 나와 우리에게 싸움을 걸 테니까.
안 그러면, 이 도시는 방어가 별로니까
우리가 재빨리 그 안의 반역자들을 급습하자구.

워릭 (안에 있는 옥스퍼드에게) 오, 잘 오셨소 옥스퍼드—그대의 지원이 필요했거든요.

몬테규 후작이 고수 및 기수들과 함께 등장

몬테규 몬테규, 몬테규, 랭커스터를 위하여!

몬테규와 그의 부하들이 무대를 가로지르고 도시 속으로 퇴장

글로스터의 리처드 너와 네 동생 모두 반역의 죗값을 치르게 돼,
네 몸이 품고 있는 바로 그 가장 소중한 피로써 말이다.
에드워드 왕 적이 튼실하게 행군해 올수록, 승리는 더 위대한 법.
내 마음 예감하노라 행복한 습득과 정복을.

서머싯 공작이 고수 및 기수들과 함께 등장

서머싯 서머싯, 서머싯, 랭커스터를 위하여!

서머싯과 그의 부하들이 무대를 가로지르고 도시 안으로 퇴장

글로스터의 리처드 너와 동명인 두 사람, 둘 다 서머싯 공작이
목숨을 팔았니라 요크 가문에—
너는 세 번째가 될 것이고, 이 칼이 통한다면 말이지.

클래런스 공작 조지가 고수 및 기수들을 데리고 등장

워릭 그리고 보라, 클래런스의 조지가 휩쓸며 오는 것을,
그의 군대는 자기 형과 전투를 치르기에 충분하다.
그는 정의를 향한 올곧은 열정이 우세하다
형제 사랑의 자연보다 더.
클래런스의 조지 클래런스, 클래런스, 랭커스터를 위하여!
에드워드 왕 브루터스, 너마저—너 또한 황제를 찌르겠다는 거냐?
(나팔수에게) 회담 요청 나팔을 불어, 이봐, 클래런스의 조지
나오라 해.

회담 요청 나팔 소리. 글로스터의 리처드와 클래런스의 조지가 귓

속말을 나눈다.

워릭 오너라, 클래런스, 내게로 와—워릭이 부르면 너는 오겠지.

클래런스의 조지 워릭 장인, 이것이 무슨 뜻인지 아시겠소?

〔그가 붉은 장미를 모자에서 떼어 워릭에게 집어 던진다〕

보시오—이 자리에서 난 내 오명을 당신께 던지오!
난 멸망시키지 않을 테요 내 아버지의 가문을,
그분의 피로 돌멩이들을 단단히 접합하여
랭커스터를 세운 가문이거든. 왜요, 믿으셨소 당신은, 워릭,
클래런스가 워낙 거칠고, 워낙 배운 게 없고, 괴상망측하여
치명적인 전쟁 도구를
자신의 형이자 합법적인 왕한테 겨냥하리라고?
아마 당신은 내 신성한 선서를 상기시키겠지.
그 선서를 지키는 것은 불효요,
입다보다 더한, 맹세 때문에 딸을 죽인 그보다 말이오.
내가 저지른 일이 너무도 유감스러우므로
나는, 내 형제들한테 한껏 형제답기 위하여,
이 자리에서 선포하오 내 자신을 당신의 치명적인 적으로,
그 결의는, 내가 어디서 당신을 만나든—
만날 테지요, 당신이 코번트리 밖을 휘젓고 다닌다면—
당신을 괴롭힐 거요, 당신이 비열하게 날 오도했으므로.
그러니, 가슴이 오만한 워릭, 난 당신을 내치고,
내 형제들에게 돌리오 나의 수치로 붉게 물든 뺨을.
〔에드워드 왕에게〕 용서해 주오, 에드워드—벌충을 하겠소.
〔리처드에게〕 그리고, 리처드, 불쾌해 말아 다오 내 잘못을,

앞으로는 더 이상 변심하는 일 없을 테니까.

에드워드 왕 이제 더 환영이고, 열 배 더 사랑스럽구나,

네가 결코 우리의 미움을 받을 만하지 않을 경우보다도.

글로스터의 리처드 〔조지에게〕 잘 오셨소, 착한 클래런스—이래야 형제답지.

워릭 〔조지에게〕 오, 이런 반역자가 또 있겠나—위증에 불의로다!

에드워드 왕 뭐라, 워릭, 성에서 나와 싸워 볼 테냐?

아니면 투석전으로 네놈 귀싸대기를 갈겨 줘?

워릭 〔방백〕 아아, 여기 갇혀 방어전이나 치르고 있다니.

〔에드워드 왕에게〕 내 즉시 바닛으로 가서,

네게 싸움을 걸 것이다, 에드워드, 네가 감히 싸우겠다면.

에드워드 왕 좋다, 워릭—에드워드가 감행하고, 이끌겠노라.

영주분들, 전장으로—조지 성인이여 우리에게 승리를!

아래에서 에드워드와 그 일행 퇴장. 워릭 백작과 그 일행이 내려와 그들을 따른다.

5막 2장

바닛 근처

전투 경보 및 몇 차례 소규모 전투. 에드워드가 부상당한 워릭 백작을 끌고 등장

에드워드 왕 그래 거기 누웠거라. 너 죽으면, 우리 두려움도 죽지—
워릭은 우리 모두를 벌벌 떨게 만든 악귀였으니.
자, 몬테규, 조심해야지—내가 널 찾노라
워릭의 뼈가 널 길동무 삼도록. (퇴장)

워릭 아, 누가 근처에 있는가? 내게 오라, 친구든 적이든,
와서 말해 다오 누가 승자인지, 요크인가 워릭인가?
왜 그걸 내가 묻지? 난도질당한 내 몸이 보여 준다,
내 피가, 나의 쇠약이, 나의 시든 심장이 보여 줘,
내가 내 몸을 대지한테 바쳐야 한다는 것을,
그리고 나의 몰락과 함께 승리를 적한테.
이렇게 몸을 내놓지 삼나무가 도끼날에,
그 팔로 위풍당당 독수리에게 은신처를 제공했고,
그 그늘 아래 뒷다리로 일어선 사자가 잠을 잤건만,
그 꼭대기 가지가 넓게 뻗은 주피터 떡갈나무보다 높고,
낮은 관목들한테 겨울의 강력한 바람을 막아 주었건만.

이 눈은, 지금 죽음의 검은 장막으로 흐려졌지만,
꿰뚫어보는 바 있었다 정오의 태양처럼
색출했다 세계의 은밀한 반역들을.
내 이마의 주름들은, 지금 피로 가득하지만,
종종 비유됐었지 왕릉에—
왜냐면 내가 파헤칠 수 없는 왕릉이 어디 있었는가?
워릭이 이마를 찡그리는데 감히 미소 짓는 자 있었고?
보라 이제 먼지와 피로 범벅된 나의 영광을.
내 사냥터, 나의 산책로, 내가 지녔던 내 장원이,
바로 지금 나를 버리고, 내 모든 토지 중
내게 남은 것은 내 몸 길이 밖에 없느니.
아니, 화려 장관, 지배, 군림이란 흙과 먼지일 뿐 아닌가?
그리고, 어떻게 살았든, 죽을 밖에 없다 우리는.

옥스퍼드 백작과 서머싯 공작 등장

서머싯 아, 워릭, 워릭—그대가 우리만 같다면,
우리는 잃은 것을 모두 되찾을 수 있을 텐데.
왕비께서 프랑스로부터 막강한 군대를 들여오셨소.
방금 소식을 들었소. 아, 당신이 달아날 수만 있다면!
워릭 아니, 그렇다면, 난 달아나지 않을 테요. 아, 몬테규,
네가 거기 있다면, 상냥한 동생, 내 손을 잡아 주고,
입 맞추어 간직해 다오 내 영혼을 잠시.
넌 나를 사랑하지 않는도다—왜냐면, 네가 사랑한다면,
네 눈물이 이 차갑게 엉긴 피를 씻어 줄 것 아니냐,
내 입술에 아교처럼 달라붙어 말을 못하게 막는 그것을.

어서 오라, 몬테규, 아니면 내가 죽느니.

서머싯 아, 워릭—몬테규는 숨을 거두었고,
마지막 숨을 몰아 워릭을 외쳐 불렀소,
그리고 말하더이다 '인사 전해 주오 나의 용감한 형에게.'
그리고 말을 더 하고 싶어 했고, 더 했는데,
둥근 천장 아래 대포 소리 같은 게,
알아들을 수가 없었지만 마침내
내가 분간해 들을 수 있었소, 신음과 함께 토해 낸 말,
'오, 안녕, 워릭'을.

워릭 그의 영혼 달콤한 안식 누리기를. 도망쳐요, 경들, 목숨을 구하시라구요—
워릭은 모든 분께 작별을 고하니까, 천국에서 만나죠.

그가 죽는다.

옥스퍼드 가요, 갑시다—왕비의 막강한 군대를 만나러!

그들이 워릭의 시체를 나르며 퇴장

5막 3장

장면 계속

화려한 취주. 승리한 에드워드 왕이, 글로스터 공작 리처드, 클래런스 공작 조지, 그리고 병사들과 함께 등장

에드워드 왕 여기까지는 우리의 운이 상승 곡선을 유지했고,
우리는 승리의 화환으로 은총받았노라.
하지만 이 찬란하게 빛나는 날 한가운데
나는 엿보노라 검은 수상한 위협적인 구름
그것이 우리의 영광스러운 태양과 마주치게 될 것을
태양이 자신의 편안한 서쪽 침대에 가닿기 전에 말이지.
내 말은, 영주분들, 왕비가 갈리아에서 일으킨
병력이 우리 해변에 도착했다는 것이오,
그리고, 짐이 듣기로, 진군해 오고 있소 우리와 싸우려고.

클래런스의 조지 가벼운 질풍 한 번이면 그 구름 흩트리고
원래 떠나왔던 곳으로 되돌릴 것입니다.
폐하의 바로 그 빛이 그 김을 말릴 것이오,
구름이라고 모두 폭풍을 낳는 것은 아니니까요.

글로스터의 리처드 왕비의 병력은 3천으로 추정되고,
서머싯이, 옥스퍼드와 함께, 그녀에게로 달아났고요.
그녀가 숨 돌릴 시간을 갖는다면, 틀림없이,

그녀 일당의 군세는 우리만큼 강할 것이오.

에드워드 왕 짐이 사랑하는 짐의 친구들한테서 받은 정보로는
그들이 튜크스버리를 향해 계속 진군 중이라 하오.
짐은, 바닛 전투에서 최상의 승리를 거두었으니,
그리로 곧장 가겠소, 흔쾌히 가면 길이 짧게 느껴지니까—
그리고, 행군을 하면서, 우리 세력은 증강될 거요
우리가 지나가는 주마다.
북을 쳐라, '용기!'를 외쳐라, 그리고 가자.

화려한 취주. 행군. 모두 퇴장

5막 4장

튜크스버리 근처 벌판

화려한 취주. 행군. 마가릿 왕비, 에드워드 세자, 서머싯 공작, 옥스퍼드 백작, 그리고 병사들 등장

마가릿 왕비 위대하신 영주들, 현자는 결코 그냥 앉아 상실을 통탄치 않고,
유쾌하게 찾는다 했소 손해 벌충 방안을.
어떻다는 거요 지금 돛대가 바람에 불려 배 밖으로 꺾이고,
밧줄이 끊기고, 고정 닻이 사라지고,
우리 선원 절반을 조류가 집어삼켰단들?
아직 살아 있소 우리의 키잡이가. 말이 되겠소
그가 키를 버리고, 겁먹은 소년처럼,
눈에 가득한 눈물로 바다에 물을 더하여,
너무 많은 힘에 힘을 보태 주는 것이,
그러는 동안, 그의 슬픔 중에, 배가 암초에 조각나는 것이,
근면과 용기로 그 배를 구할 수 있었을 텐데도?
아, 이런 수치가, 아, 이런 잘못을 저지르다니요.
워릭이 우리 닻이었단들—그게 어떻다는 거요?
몬테규는 우리 중간 돛대였죠—그를 어쩌라고요?
도살당한 친구들은 삭구였죠—그들을 어쩌란 말이죠?

아니, 여기 이 옥스퍼드는 또 다른 닻 아닙니까?
서머싯은 또 다른 훌륭한 돛 아니고요?
프랑스 친구들은 우리의 돛대 줄이자 삭구 아니란 건가요?
그리고, 비록 미숙하나, 왜 내 아들 네드와 나에게
한 번 맡겨 볼 수 없다는 겁니까 숙련된 키잡이 임무를?
우리는 키를 놓고 그냥 앉아 울 게 아니라,
항로를 유지합시다, 거친 바람이 아니라 할망정,
우리를 좌초시키겠다 위협하는 모래둑과 암초를 피해서 말이오.
파도는 꾸짖으나 좋게 타이르나 마찬가지인 법.
그리고 에드워드는 무자비한 바다 아니고 뭐겠습니까?
클래런스는 기만의 모래 흐름 아니고 뭐겠어요?
그리고 리처드는 삐쭉빼쭉 치명적인 암초 아니고 뭡니까?
이 모든 것들이 적입니다 우리는 초라한 나무껍질이고요.
헤엄을 치면 되잖느냐—아, 그건 잠시뿐이고,
모래를 디뎌 보면—저런, 금방 빠지죠,
바위에 걸터앉는다—파도가 씻어 내 버려요,
그게 아니면 굶어 죽던가. 그건 세 겹 죽음입니다.
이 말을 하는 것은, 영주분들, 이해시켜 드리기 위해섭니다,
여러분 중 누가 우리한테서 도망친다 해도,
요크 형제들한테서 바라는 자비를 구할 수 없는 것은
잔혹한 파도, 모래, 그리고 암초한테 없는 것과 같다는 거죠.
아니, 그렇다면 용기를 내야죠—피할 수 없는 것은
애처럼 약한 자들이나 슬퍼하고 혹은 두려워하는 법이오.

에드워드 세자 이렇게 용감한 정신의 여인이라면 아마도,
분명, 설령 그녀의 이 말을 들은 것이 겁쟁이라 하더라도,
그의 가슴에 엄청난 용기를 주입하고,
그로 하여금, 맨 손으로, 무기 든 자를 때려잡게 했을 거요.
이 말은 내가 여기 있는 누구를 의심해서가 아니오—
겁먹었다 싶은 사람이 혹시 있다면,
즉시 떠나도 좋으니까요,
그래야 우리가 곤경에 처했을 때 그가 다른 사람을 감염,
자기와 같은 정신 상태로 만드는 것을 막을 수 있을 테니.
만일 여기 그런 사람 있다면—하나님이 금하시므로—
떠나게 하시오 우리가 그의 도움을 필요로 하기 전에.
옥스퍼드 모자분이 이리도 사기가 드높은데,
전사들이 주눅 들다니—아뿔싸, 이건 영속적인 치욕이오!
오 용감한 어린 세자, 저명하신 그대 할아버지께서 정말
다시 살아나셨소 그대 안에서! 부디 만수무강하시어
그분의 심상을 품고 그분의 영광을 새롭게 해 주소서!
서머싯 그리고 이러한 희망을 위해 싸울 생각이 없는 자,
집에 가서 자거라, 그리고 낮에 부엉이가 그렇듯,
깨어나면, 조롱과 놀람의 대상 되거라.
마가릿 왕비 고맙소, 고결한 서머싯, 상냥한 옥스퍼드, 고맙소.
에드워드 세자 아직 감사밖에 없는 자의 감사도 받으시고요.

사자 등장

사자 준비하세요, 영주분들, 에드워드가 가까이 왔습니다
전투태세를 갖추고—그러므로 전의를 다지십시오.

옥스퍼드 내 생각대로요. 그의 작전이죠
이렇게 빨리 서두르면 우리는 미처 준비 못할 거라는.
서머싯 하지만 그가 속았소, 우린 준비를 갖췄으니.
마가릿 왕비 기운이 납니다, 선뜻들 나서시는 걸 보니.
옥스퍼드 군사를 여기 배치합시다—한 발짝도 안 물러나는 거요.

화려한 취주 및 행군. 에드워드 왕, 글로스터 공작 리처드, 그리고 클래런스 공작 조지가 병사들을 데리고 등장

에드워드 왕 〔그를 따르는 자들에게〕 나를 따르는 용감한 자들아, 저기 있노라 가시나무가
저 나무를, 하늘의 도움과 여러분의 힘으로
뿌리째 베어 내야 한다 밤이 오기 전에.
내 너희의 불에 연료를 더 첨가할 필요 없나니,
너희가 저들을 태워 버리기 위해 불탐을 아는 까닭이다.
전투 신호를 올려라, 그리고 전투로, 영주들.
마가릿 왕비 〔그녀를 따르는 사람들에게〕 영주들, 기사들, 그리고 신사들—내가 할 말을
나의 눈물이 가로막고 있소, 내가 말하는 단어 하나마다
보다시피 나는 마시오 내 눈의 물을.
그러므로, 이 말만 하겠소, 그대들의 주군 헨리께서
적의 포로로 계시오, 그의 지위 찬탈당하고,
그의 왕국 도살장 되었고, 그의 신하 살해당했고,
그의 법령 무효화했고, 그의 국고 탕진되었소—
그리고 저기 그 늑대가 있소 이 난장판을 만든.
그대들은 정의로 싸우니 그렇다면 하나님 이름으로, 경들,

용감하게, 전투 신호를 올리시오.

전투 경보, 후퇴, 몇 차례 소규모 전투. 모두 퇴장

5막 5장

장면 계속

화려한 취주. 에드워드 왕, 글로스터 공작 리처드, 클래런스 공작 조지가 호위 경계시킨 마가릿 왕비, 옥스퍼드 백작, 그리고 서머싯 공작을 데리고 등장

에드워드 왕 이제 이것이 소란스럽던 다툼의 방점이로다.
옥스퍼드를 즉시 칼레 근처 암메 성으로 압송하라
서머싯은, 죄 많은 머리를 베어 버리고.
모두 끌고 가—그들 얘기는 듣고 싶지 않으니.

옥스퍼드 나로 말하자면, 나도 당신과 말 섞고 싶지 않소.

호위 경계 받으며 퇴장

서머싯 나도요, 그냥 참고 내 운명에 몸을 굽힐 밖에.

호위 경계 받으며 퇴장

마가릿 왕비 하여 우린 이 혼탁한 세상에서 슬프게 헤어져
기쁘게 만나는 거죠 달콤한 예루살렘에서.

에드워드 왕 포고를 냈는가 어린 에드워드를 신고하는 자
높은 보상금을 주고 사형죄도 사면한다는?

글로스터의 리처드 예, 근데 저기 창창한 에드워드 대령이네요.

세자 에드워드, 호위 경계를 받으며 등장

에드워드 왕 이리 데려오라 그 용감한 놈—뭐라 하나 들어 보자.

아니, 이렇게 어린 가시가 찌르기를 시작했다?

에드워드, 어떻게 벌충할 테냐

무기를 들고, 내 신민을 선동하고,

네가 내게 겪게 만든 그 온갖 성가신 일에 대해?

에드워드 세자 신하답게 말하라, 거만하고 야욕에 찬 요크.

내가 지금 내 아버지를 대변한다 생각하라—

네 의자에서 물러나, 지금 내가 선 여기서 무릎 꿇으라,

그러면 내가 똑같은 질문을 던지겠노라,

반역자, 네가 내 답을 들으려 했던 그 질문 말이다.

마가릿 왕비 아, 네 아버지가 그렇게 의지가 굳었더라면.

글로스터의 리처드 네년은 여전히 페티코트 차림이겠지

랭커스터의 바지를 훔칠 일이 없었을 테니.

에드워드 세자 꼽추 이솝 이야기는 겨울밤에나 하라 하시오—

그런 들개 수수께끼 내는 소리는 이 자리에 안 어울리지.

글로스터의 리처드 내 반드시, 개구쟁이, 네 말 후회케 해 주마.

마가릿 왕비 어련할까, 네놈은 사람들 후회케 하려 태어났으니.

글로스터의 리처드 제발 끌고 가시오 이 잔소리쟁이 포로를.

에드워드 세자 아니, 이 잔소리쟁이 꼽추를 오히려 끌고 가야지.

에드워드 왕 닥치라, 고집쟁이 꼬마, 네 혀에 주문을 걸기 전에.

클래런스의 조지 〔에드워드 세자에게〕 교육 못 받은 꼬마로다, 넌 너무 건방져.

에드워드 세자 난 안다 나의 본분을—너희들은 모두 본분을 망각

한 놈들이고.
음탕한 에드워드, 그리고 너, 맹세를 깬 조지,
그리고 너, 기형의 딕—내 너희 모두에게 말하노니,
난 너희의 윗사람이노라, 너희가 반역자이다마는,
그리고 너희가 찬탈했니라 내 아버지와 나의 권리를.

에드워드 왕 받아라 이놈, 잔소리가 이 지 에미를 꼭 빼닮았구나.

그가 에드워드 세자를 칼로 찌른다.

글로스터의 리처드 단말마 경련이냐? 받아라, 고통을 끝내 주마.

그가 에드워드 세자를 칼로 찌른다.

클래런스의 조지 그리고 이건 날 맹세 깬 자라 조롱한 값이다.

그가 에드워드 세자를 칼로 찌르고, 세자가 죽는다.

마가릿 왕비 오, 나도 죽여라!

글로스터의 리처드 참으로, 그래야 하고.

그가 그녀를 죽이려 한다.

에드워드 왕 그만, 리처드, 그만—우리가 이미 과하였으니.

글로스터의 리처드 왜 이년이 살아서 세상을 잔소리로 채워야 한단 말요?

왕비 마가릿이 기절한다.

에드워드 왕 뭐냐—혼절한 것이냐? 깨어나게 조처하라.

글로스터의 리처드 〔조지에게 방백〕 클래런스, 형님 국왕께 먼저 간다고 말씀드려 줘요.
난 중대한 일로 런던에 갈 테니까.
형이 그리 오기 전에, 무슨 소식을 듣게 될 거요.

클래런스의 조지 〔리처드에게 방백〕 뭔데? 무슨 일이야?

글로스터의 리처드 〔조지에게 방백〕 탑이오, 런던탑. 〔퇴장〕

마가릿 왕비 오 네드, 상냥한 네드—에미한테 말해 보렴, 얘야.
말할 수가 없어? 오 반역자들, 살인자들!
시저를 찌른 자들은 피 한 방울 안 흘렸니라,
잘못한 거 없고, 비난할 것도 없어,
이 비열한 짓에 비하면 말이다.
그는 어른이었어—이건, 그에 비해, 어린아이고,
그리고 어른은 결코 어린애한테 화를 풀지 않지.
살인자보다 더 나쁜 놈들을 내 뭐라 부르지?
아냐, 아냐, 말을 하면 내 가슴 터질 거야
아니 말하겠어 내 가슴 터질 수 있도록.
백정 악당놈들! 피에 굶주린 식인종!
그 상냥한 가지를 너희가 때이르게 베어 내다니!
너희는 아이가 없지, 백정들, 있다면,
그 애들 생각에 가책이 일었을 텐데.
그러나 너희 혹시 아이가 생기거든,
어린 얼굴 쳐다볼 때마다 그 아이 잘릴 것 생각하거라, 그래
사형 집행인들, 너희가 이 상냥한 어린 세자를 죽인 그대로!

에드워드 왕 그녀를 끌고 가라—어서, 그녀를 강제로 끌고 가.

마가릿 왕비 안 된다, 절대 끌고 가면 안 돼—여기서 날 죽여라.

여기다 네 칼을 꼽아—날 죽인 것은 내 용서해 주마.
뭐라! 안 죽이겠다? 그렇다면, 클래런스, 네가 하거라.

클래런스의 조지 맹세코, 그렇게 편히 가게 할 수는 없지.

마가릿 왕비 착한 클래런스, 그래 다오 상냥한 클래런스, 정말 네가 해 다오.

클래런스의 조지 안 그러겠다고 방금 맹세한 거 못 들었나?

마가릿 왕비 들었지, 하지만 넌 툭하면 맹세를 깨니까.
전에는 그게 죄였지만, 지금은 자선이란다.
뭐야, 안 죽이겠어? 어디 있나 그 악마의 백정,
추한 리처드는? 리처드, 어디 있는가?
네놈은 여기 없구나. 살인이 네놈의 자선 행위거늘—
피를 청원하는 자들을 넌 결코 돌려보낸 적 없지.

에드워드 왕 끌고 가라, 내가 말하노니—어명이다, 그녀를 끌고 가라.

마가릿 왕비 너와 네 식구들 최후도 이 세자와 같기를!

호위 경계 받으며 퇴장

에드워드 왕 리처드는 어디 갔는가?

클래런스의 조지 황급히 런던으로 갔습니다—(방백) 추측건대,
런던탑에서 피비린 저녁 식사를 하려고 말이지.

에드워드 왕 머리에 떠오르면 즉각 해치워야 직성이 풀리니.
자 지금부터 행군합시다. 평민들은 집으로 보내 주시오
보수 및 감사와 함께, 그리고 우리는 런던으로 가서,
우리 고결한 왕비께서 어떻게 지내시나 봅시다.
지금이면 내 아들을 낳았지 싶은데.

모두 퇴장

5막 6장

런던탑

성벽 위로 헨리 6세 왕 책을 읽는 중, 글로스터 공작 리처드, 그리고 탑 책임관 등장

글로스터의 리처드 안녕하시오, 나리. 아니, 책을 열심히 보시네?

헨리 왕 그렇소, 나의 착하신 영주—'나의 영주'가 맞는데 그랬군.
아첨은 죄악이야 '착하신'은 더 나을 게 없지.
'착하신 글로스터'와 '착하신 악마'는 같아요,
양쪽 다 괴상하거든—그러니 '착하신 영주'는 아니었는데.

글로스터의 리처드 〔책임관에게〕 이보게, 자리를 비켜 주게. 둘이 나눌 얘기가 있어.

책임관 퇴장

헨리 왕 저렇게 경솔한 양치기가 도망간다 늑대로부터.
저렇게 우선 순진한 양이 자신의 양모를 내주고,
그다음은 목을 내주지 백정의 칼에.
어떤 죽음 장면을 로마 배우 로스키우스가 이제 연기할 참인가?

글로스터의 리처드 의심은 늘 죄지은 자한테 붙어 따라다니죠
도둑은 덤불마다 순경이 있는 듯 제 발 저리고.

헨리 왕 덤불에서 감탕에 걸려 본 적 있는 새는
날개 떨며 두려워한다 각각의 덤불 모두를.
그리고 나, 상냥한 아이한테 하릴없던 아비는,
지금 치명적인 덤불을 보고 있지,
내 불쌍한 어린 것이 감탕에 걸리고, 잡혀서 피살된.

글로스터의 리처드 저런, 그 크레테 놈은 멍청하기도 하지
아들한테 새 노릇을 가르치다니!
그렇지만, 날개를 달아 줬단들, 그 바보 익사했다구.

헨리 왕 나는, 다이달로스, 내 불쌍한 아이는, 이카로스군,
네 아버지, 미노스가, 우리를 가두었고
내 상냥한 아이의 날개를 태운 태양은,
네 형 에드워드, 그리고 너는, 바다,
시샘 많은 그 심연이 그의 목숨을 삼켜 버린.
아, 날 죽여라 네 무기로, 말로 죽이려 말고!
내 가슴으로 네 단도 날을 견디는 것이 더 낫구나
내 귀로 그 비극적인 이야기를 견디는 것보다.
근데 너는 왜 내게 왔는가? 내 목숨을 가져가려고?

글로스터의 리처드 날 사형 집행인이라 생각하시오?

헨리 왕 학대 집행인인 건 확실하지.
죄 없는 이들을 살해하는 게 사행 집행이라면,
아무렴, 그렇다면 넌 사형 집행인이다.

글로스터의 리처드 당신 아들을 내가 죽인 건 그가 주제넘었기 때문이오.

헨리 왕 처음 네가 주제넘었을 때 죽여 버렸더라면
네가 살아서 내 아들을 죽이진 않았을 텐데.

그리고 이렇게 난 예언한다. 즉, 수천의 사람들,
지금은 내 두려움을 전혀 공유하지 않는 그들이,
그리고 숱한 노인들의 한숨과, 숱한 과부들의 그것과,
숱한 고아들의 눈물 홍수 진 눈이—
애비는 아들 때문에, 아내는 남편 때문에,
고아는 부모의 때이른 죽음 때문에—
한탄하게 되리라 네가 태어난 시간을.
부엉이가 비명을 질렀다 네가 태어날 때—사악한 징조지
밤 까마귀 울었어, 불운한 시대를 예언하며,
개가 짖고, 무시무시한 폭풍우가 나무를 쓰러뜨렸지
까마귀가 굴뚝 꼭대기에 몸을 쭈그렸다
재잘대는 까치들 음울한 불협화로 노래했다.
네 어머니 산통 이상을 느꼈으나,
모성의 기대 이하를 낳았지—
말하자면, 모양 없고 일그러진 덩어리를,
그렇게 훌륭한 나무에서 났다고 볼 수 없는 그것을.
태어났을 때 네 이빨은 머리에 박혀 있었어,
세상을 물어뜯으러 왔다는 뜻이었지
그리고 만일 내가 들은 나머지 얘기가 맞다면
네가 온 것은—

글로스터의 리처드 더 이상 듣지 않겠다. 죽어라, 예언자, 너의 예언으로,

(그가 그를 칼로 찌른다)

왜냐면 이것이, 다른 것도 있지만, 내가 온 이유였거든.

헨리 왕 그렇겠지, 그리고 이후 훨씬 더 많은 살육을 위해 왔겠지.

오, 하나님 나의 죄를 용서하소서, 그리고 너도 용서받기를.

그가 죽는다.

글로스터의 리처드 뭐냐— 랭커스터 열망의 피가
땅 속으로 스며든다? 난 위로 오를 거라 생각했지.
보라 내 칼이 불쌍한 왕의 죽음 때문에 우는 것을.
오, 이런 진홍빛 눈물이 늘 흘러나오기를
우리 가문의 몰락을 소망하는 자들한테서!
생명의 불꽃이 조금이라도 남아 있다면,
내려가라, 지옥으로 내려가고, 내가 널 그리 보냈다 하라—

〔그가 그를 다시 한 번 찌른다〕

동정도, 사랑도, 두려움도 없는 나로다.
정말, 사실이야 헨리가 내게 말한 내용은,
왜냐면 종종 내 어머니가 말하는 걸 들었거든,
내가 다리 먼저 세상에 나왔다고 말이지.
내게 이유가 없단 말인가, 서둘러서,
우리 권리 찬탈한 자의 멸망을 꾀할 이유가?
산파는 경악했고 여자들은 소리 질렀지
'오, 하나님 맙소사, 태어난 아기가 이빨이 났어!'—
사실이었고, 그 뜻은 명백히
내가 으르렁대고 물어뜯고 개지랄 치게 될 거라는 거였고.
그렇다면, 하늘이 내 몸을 이 꼴로 만들었으니,
지옥이 내 맘을 비뚤어지게 만들게 둬야 짝이 맞지.
나는 아버지가 없고, 나는 어떤 아버지와도 다르다.
나는 형제가 없고, 나는 어떤 형제와도 다르지,

그리고 이 단어 '사랑', 노털들은 신성시하지만,
서로 같은 꼴인 사람들 속에나 있지
내 안엔 없어—나는 홀로 나 자신이야.
클래런스, 조심해, 네놈이 날 차단하지 빛으로부터—
하지만 내 역청처럼 새까만 낮을 네게 마련해 주마.
왜냐면 내가 해외에 와글와글 예언을 뿌릴 거거든
에드워드가 제 목숨을 염려하게 될 거라고 말이지,
그런 다음, 그 염려를 없앤다며, 내가 널 죽일 거란다.
헨리와 그의 아들은 갔다, 네가, 클래런스, 다음이지.
그리고 하나씩 하나씩 내가 나머지를 처치한다,
최선이 될 때까지는 악으로 처신하면서.
내 너의 육체를 다른 방에 처박아 둘 테니
승리하거라, 헨리, 네 심판의 날에나.

시신과 함께 퇴장

5막 7장

런던, 궁정

상석 하나. 화려한 취주. 에드워드 왕, 그의 왕비 그레이 부인, 클래런스 공작 조지, 글로스터 공작 리처드, 헤이스팅스 경, 세자 아기 에드워드를 안은 유모, 그리고 시종들 등장

에드워드 왕 다시 한 번 짐이 잉글랜드 옥좌에 앉는구려,
적의 피로 다시 사들인 옥좌에.
참으로 용감한 적들을, 가을 추수처럼,
우리는 베어 냈소 그들이 가장 기세등등할 때에!
서머싯 공작 셋, 세 겹으로 유명한 자들이잖소,
대담하고 두려움을 모르는 전사로 말이오
클리포드 둘, 아버지와 아들이지
그리고 노섬벌랜드 둘—이 둘보다 더 용감한 사람은 없소
나팔 소리를 듣고 자기 전투마에 박차를 가한 사람들 가운데.
그들과 함께, 용감한 곰 두 마리가 있지, 워릭과 몬테규,
자기들 사슬로 위풍당당 사자에게 차꼬를 채우고
포효로 수풀을 떨게 만들었던.
이렇게 짐은 옥좌에서 근심을 쓸어버리고
안전의 발판을 만들었도다.

(그레이 부인에게) 이리 오시오, 베스, 내 아이한테 입 맞추고 싶소.

(유모가 아기 세자를 데려간다. 에드워드 왕이 그에게 입을 맞춘다)

어린 네드, 너를 위해, 네 삼촌과 내 자신
갑옷 차림으로 겨울밤을 뜬눈으로 지새우고,
온통 도보로 행군했구나 끓는 여름 더위 속을,
네가 평화로이 왕관을 되찾을 수 있게 하려고 말이다
그리고 우리 노고의 추수를 네가 걷게 될 것이다.

글로스터의 리처드 (방백) 내 그 수확물을 시들게 할 테요, 형이 무덤에 머리를 누이면.
난 아직 세상에서 주목의 대상이 아니거든.
이 어깨가 이리 두껍게 정해진 것은 들어 올리기 위해서고
그게 무거운 뭔가를 들어 올리거나 등이 부서지거나 둘 중 하나지.
두뇌는 방도를 짜내고, 팔다리는 실행할지니.

에드워드 왕 클래런스와 글로스터, 사랑해 다오 내 사랑스런 왕비를
그리고 너희 군주 조카한테 입 맞춰 줘야지, 동생들, 둘 다.

클래런스의 조지 폐하께 드릴 충성을
제가 봉인합니다 이 상냥한 입술에.

그가 아기 세자한테 입을 맞춘다.

그레이 부인 고맙소, 고결하신 클래런스—훌륭한 형제분, 고맙소.

글로스터의 리처드 그리고 폐하께서 솟아난 그 가문을 사랑한다는

뜻으로,

보아 주소서 제가 그 열매에게 주는 사랑스런 입맞춤을.

〔그가 아기 세자한테 입을 맞춘다〕

〔방백〕 진실을 말하자면, 그렇게 유다가 제 선생한테 입을 맞추고

'만세!'를 외쳤다, 속으로는 온갖 위해를 뜻하면서.

에드워드 왕 나는 이제 내 영혼의 기쁨으로 앉아 있소,

내 조국의 평화와 내 형제의 사랑을 지녔으니.

클래런스의 조지 폐하께서는 마가릿을 어찌 처리하시렵니까?

그녀 아버지 르네가, 프랑스 왕에게

시칠리와 예루살렘을 저당 잡히고,

빌린 돈을 이리 보내왔습니다 그녀 몸값으로요.

에드워드 왕 보내 버리시오, 수로 운반으로 프랑스에 보내요.

그러면 이제 남은 게 무엇이겠소 우리가

위엄 있는 승리 축제와, 유쾌한 희극 볼거리들,

궁정 오락에 어울리는 것들로 시간을 보내는 것 말고는?

북을 울리고 나팔을 불어라—안녕, 쓰라린 분쟁들이여!

왜냐면 여기서, 아마도, 시작되오 우리의 지속적인 기쁨이.

화려한 취주. 모두 퇴장

1. 잉글랜드 민족 사극들 : 가장 아름다운 예술작품으로서의 역사

고대 그리스 에스킬로스, 소포클레스, 에우리피데스 '비극'의 '소재'는, 최소한 당대인들에게는, '신화'라기보다 아주 먼 옛날의, 그러나 엄연한 역사였는지 모른다. 위대한 그리스 고전 비극들은, 고대 그리스인들에게, 우리들 개념의 '사극'에 더 가까웠는지 모른다. 더 과감하게 말하자면, 그리스 고전 비극이 여전히 위대한 것은, 역사를 당대적 시각에서 다룬 결과로 그것이 갖추게 된 보편성 때문인지 모른다.
셰익스피어의 문학적 감수성으로 보아, 그런 사정은 셰익스피어도 마찬가지였을지 모른다. 즉, 잉글랜드 역사를 다룬 그의 소위 '사극들'은 그에게 민족사극일 뿐 아니라 시사극이었을지 모른다. 그의 마지막 사극 《헨리 8세》의 주인공은 바로 엘리자베스 1세 여왕의 생모를 죽인 엘리자베스 1세 여왕의 아버지였다. 그의 생애 첫 창작 작품은 《헨리 6세 2부》, 《헨리 8세》가 마지막 작품이니(확신할 수 없으나, 합작설이 나올 정도니 아마 마지막이 맞을 것이다) 그는 평생 동안 '시사=역사'의 틀 자체를 연극-예술화하는 입장이었을지 모르고, 그 입장을 '신세'로 생각했을지 모르고, 그 사극 생애의 '핵심=일상'을 비극의 절정으로 응축하는 동시에 희극의 절정으로 해방시켰던 그의 '정신=예술' 속은 우리 생각보다 훨씬 더 역동적이고 다채로운 것이었을지 모른다.
그러나 역사 현장과 전쟁과 폴스타프가 부딪쳐 작렬하는 《헨리 4

세 1부》와 《헨리 4세 2부》만 보더라도, 그의 사극들 또한 틀 자체의 연극-예술화 너머 가장 아름다운 예술 작품으로서 역사에 달하는 과정이었고 갈수록 그 결과였다. 셰익스피어 민족사극들은 전에는 물론 그 후에도 비슷한 사례가 없다. 중세 도덕 막간극이 1547년 무렵 베일의 《존 왕》을 거쳐 생성된 장르가 사극이라고는 하나, 그 《존 왕》은 주인공 말고 다른 등장인물들이 모두 아예 추상들이고 역사는 교훈을 위한 수단일 뿐이고, 1588년 무렵 《존의 골칫거리 통치》에서 추상들이 실제 등장인물들한테 자리를 내주지만, 교훈주의는 여전하다.

자신의 자료를 교훈가나 연대기 작성자가 아닌 극작가로서 다루어 실제 역사를 극화하는 사극 작가는 셰익스피어가 처음이고, (엘리자베스 1세 여왕) 시대 혹은 당대의 공통된 가치와 이상, 그리고 역사관과 세계관으로 거대한 총체를 이루는 그의 위대한 사극 연작에 비견될 만한 것은 다른 어느 나라 문학에도 없다. 그의 사극들이 잉글랜드 역사에 빚진 것이 많은 바로 그만큼, 잉글랜드 역사는 그의 사극들에 빚을 지게 된다.

셰익스피어가 엘리자베스 1세 여왕 시대에 잉글랜드 역사를 만난 것이 문학사상 손꼽히는 행운이라면, 잉글랜드 역사가 셰익스피어를 만난 것은 역사상 손꼽히는 행운이다. 셰익스피어 사극들로 하여 잉글랜드 역사는 세계 어느 나라 역사보다 더 행복한 예술에 달한다. 동시에, 셰익스피어 사극들은, 문학이므로, 셰익스피어 시대를 반영하는 정도를 넘어 셰익스피어 시대의 산물이다. 셰익스피어 사극들 또한, 에스킬로스의 오레스테스 3부작, 소포클레스의 외디푸스 3부작 못지않게, 가족-혈연사고 복수극이지만 그들과 셰익스피어 사이 2천 년이 존 왕과 셰익스피어 사이

3~4백 년으로 응집-심화하면서 '역사-사회-정치적'을 당대-예술화하고, 순식간에 순수문학과 참여문학의 구분이 무의미해지고, 갈수록 민족'주의'가 민족'극예술'로 극복되고, 때때로 혹은 수시로, 중세 기괴가 곧장 현대 기괴로 이어지기도 한다.
셰익스피어 사극들에서는 왕권 강화가 근대화의 다른 이름이다. 역시 사극은 사극이고, 지나간 역사는 지나간 역사였을까? 어쨌거나, 셰익스피어 사극들에는 실제 역사적 사실과 다른 부분이 간간히 눈에 띄는데, 우리가 역사를 인식하고 역사의 대강을 파악하는 데 방해가 될 정도는 아니고, '드라마'를 위해 불가피한 변형이며, 그 강력한 드라마로 하여, 우리의 균형 잡힌 역사 인식에 오히려 더 도움이 된다고 할 수도 있겠다. 드라마가 역사와 똑같기를 바라는 것도 일종의 완고일 테니.

《심벨린》은 보통 비극으로 분류되고, 흔히 셰익스피어의 마지막 비극으로 불리지만, 심벨린은 로마제국 시대 브리튼 왕이고, 《심벨린》은 존 왕부터 헨리 8세 시대까지를 끊기지 않고 담아내는 셰익스피어 잉글랜드 사극들보다 한참 더 앞선 시대에 '동떨어져' 있지만 역사는 전설의, 꿈같은 이야기로 시작되고 사극도 그렇게 시작하는 게 순리다. 그렇다면 그보다 더 앞선 전설 시대 이야기인 《리어왕》은? 시대에 관계없이, 사극들의 프롤로그 역을 맡기에는 너무나 강력하고 걸출한 비극이다.
《심벨린》 2막 3장 '아침의 노래'는 슈베르트가 곡을 붙인 명곡이 전해 오고, 4막 2장 '만가'는 버지니아 울프 소설 《댈러웨이 부인》 주인공 의식의 흐름의 기조를 이룬다.

첫 노래는, 노래가 끝나자마자 웬 막돼먹은 소리? 《심벨린》은 처음부터, 끝나기 직전까지 불안하고, 불안이 불길하다.

브리튼 왕 심벨린의 딸 이너젠이 남모르게 포스튜머스와 결혼하고, 이너젠을 자신의 아들 클로텐과 결혼시키려는 계모 왕비가 그 사실을 일러바치고, 포스튜머스가 추방되는데, 그가 이탈리아에서 아내의 정절을 두고 쟈코모와 내기를 걸고 이길 것을 호언장담 하지만 브리튼으로 건너온 쟈코모가 술수를 부려 이너젠이 잠든 침실에 잠입, 이런저런 가짜 증거를 훔쳐 오고 침실 및 그녀 몸 특징을 설명하니 그걸 철석같이 믿은 포스튜머스는 이너젠에게 자신을 만나러 밀포드 항구로 오라는 편지를 쓰면서 그의 하인 피사니오에게는 오는 도중 그녀를 죽이라고 명한다. 그러나 피사니오는 그녀더러 남장을 하고, 브리튼을 침략 중인 로마 장군 루치우스한테로 가라고 설득하고, 그녀는 오래전 아버지가 추방했던 대신 벨라리어스, 그리고 쫓겨날 당시 벨라리어스가 훔쳐 와 산 동굴에서 키운 두 형제, 즉 그녀의 두 오빠 귀더리어스와 아비레이거스를 만나고, 겁탈을 해서라도 이너젠을 제 것으로 만들려고 그녀를 추적하던 클로텐은 두 형제에게 죽임을 당한다. 몸이 아파 먹은 약이 이너젠을 죽은 듯한 상태에 빠뜨리고 클로텐 시체 곁에 눕혀졌다 깨어나 머리 없는 클로텐 시체를 복장 때문에 포스튜머스 것으로 착각한 이너젠은 루치우스한테로 가고 이어지는 전투에서는 벨라리어스, 귀더리어스와 아비레이거스, 그리고 이탈리아에서 돌아온 포스튜머스의 활약에 크게 힘입어 브리튼인이 대승을 거둔다. 자초지종이 알려지고 온갖 화해와 용서가 이뤄지고, 심벨린은 브리튼과 로마 사이 평화를 위해 로마

황제 아우구스투스에게 조공을 바치겠다 약속하고 모두를 잔치에 초대한다.

'아침노래'는 그 아름다움에 이어지는 클로텐의 막돼먹은 소리가 딱히 음악가 탓은 아니므로 그렇다 치고, 막돼먹은, 그래서 자기들이 죽인, 모가지가 없는 클로텐 시체 옆에 이너젠을 누이며 부르는 아름다운 '만가'라니. 얼핏 《심벨린》은, 마치 《리어 왕》을 해피엔딩 스토리로 바꾸려 어설프게 뜯어 맞추고 땜질한 듯, 어설프고 황당하다. 이탈리아-프랑스-스페인인 혐오가 너무 노골적이다. 그들 대사는 모두 산문이고 이탈리아인들은 모두 악당들이고, 심지어 포스튜머스의 친구 필라리오조차 방관적이지만 그 전에 포스튜머스 대사도 산문이고, 정말 황당한 내기지만, 내기 성립 직후(1막 4장 마지막) 그가 쟈코모와 함께 퇴장하는 것은, 무슨 라스베이거스도 아니고, 정말 드물게 황당하다. 이너젠은 동음이의어 사용의 뉘앙스가, '은연중 뉘앙스'보다 조금 더 강하게, 사태에 대한 책임이 있고, 그래서 알게 모르게, 그녀가 포스튜머스-클로텐 육체 혹은 시체를 혼동할 때 우리는 '오죽하겠어' 느낌에 아주 약간 가닿게 되고, 포스튜머스가 아직도 이너젠을 못 알아보고 때리는 장면은 그 '황당=오죽'의 극치고, '기계에서 나온 신' 개념은 이 모든 것의 연극(용어)적 측면이고, 그렇다 하더라도 클로텐이, 그리고 계모 왕비가 너무 싱겁게 죽는다. 등장인물 아닌 작가 자신이, 뭔가 지쳤다는 느낌이랄까.
하지만, 《심벨린》에는 《리어 왕》뿐 아니라 《폭풍우》 연관도 있고, 그 둘이 적절하게 부딪치거나 결합, 불행과 시련 속에서도 미리 안심하는, 섭리가 편안한 경지랄까 하는 것을 언뜻 발할 때가 있고, 그때 이너젠을 '최고의 이상적인 여성'으로 보았던, 적지 않은 사람들의 말에 고개가 끄덕여지는 대목이 있다. 하여, 5막 5장 교수형 집행을 앞둔 포스튜머스와 옥리가 펼치는 죽음 대 웃음은 《맥베스》에서보다 덜 비극적이고, 산문적이지만, 그 산문 효과가 '만년작'적이다. 1925년 현대 의상의 《햄릿》이 커다란 영향을 끼치기 2년 전에 같은 방식의 《심벨린》 공연이 있었다는 것은 시사하는 바가 적지 않다 할 것이다.

《심벨린》을 가장, 셰익스피어의 다른 어떤 작품보다 더 가혹하게 평가한 것은 버나드 쇼다. 이미 1896년 이너젠 역을 준비 중이던 엘런 테리에게 《심벨린》이 터무니없는 작품이라고 투덜거리더니 급기야 1937년 그는 이 작품의 마지막 막의 결점들을 겨냥한 희곡 《결말을 바꾼 심벨린》을 발표하기에 이른다. 그리고 다행히, '만가' 첫 두 행은 댈러웨이 부인에게 제1차 세계대전의 악몽을 떠올리는 슬픈 만가이자 위엄을 잃지 않는 심오한 인내의 선언으로 거듭난다. 마지막 두 행은 T. S. 엘리엇 시 《요크셔 테리어에게》에서 거의 차용되고 있다. 스티븐 존다임이 아리스토파네스 《개구리들》을 마구잡이로 차용한 동명 뮤지컬에서는 셰익스피어와 버나드 쇼가 최고의 극작가 타이틀을 거머쥐고 되살아나 세상을 더 낫게 할 것이냐를 놓고 경쟁하는데, 죽음에 대한 자신의 견해를 묻자 셰익스피어는 위 만가를 부르는 걸로 답을 대신한다.

《존 왕》은 크게 ('사자심장왕') 리처드 1세 사후 그 둘째 동생인 존 왕과 그 첫째 동생 아들인 '아서 플랜타저넷' 사이 왕위 계승권(상속)을 둘러싼 합법 및 비합법 투쟁, 거래와 정략이 그 줄거리 골간이다. 《리어 왕》에 비해 문학성은 크게 떨어지면서도, 분명 더 높은 사회구성체가 들어서 있고, 왕권과 귀족 사이 경제적 권력 투쟁에서 귀족이 승리한 결과인 마그나 카르타가, 보이지 않거나 아주 희미하게 언급될 뿐이지만, 엄연히 들어서 있다. (사실, 마그나 카르타가 정치-사회적으로 중요해지는 것은 셰익스피어 사후다.) 입성 문제를 놓고 싸우는 것도, 결국 피비릴 것이지만, 우선은 무슨 거래를 방불케 한다.

조카 아서의 잉글랜드 왕위 계승을 지지하는 프랑스 왕 필립과 오스트리아 공작 연합 세력의 사실상 선전포고를 통보 받은 존 왕은 어머니 일리노어, 그리고 리처드 1세의 사생아 필립과 함께 프랑스를 침공했다가 존의 조카딸 블랑슈와 프랑스 왕세자의 결혼으로 평화가 다시 찾아오지만 교황 사절 팬돌프 추기경이 존 같은 골수 이단자와 평화 협정을 맺으면 파문을 시키겠다고 위협하니 프랑스 왕은 존을 배신하고, 이어진 전투에서 잉글랜드가 승리, 사생아 필립이 오스트리아 공작을 죽이고, 아서는 사로잡혀 잉글랜드로 송환되어 살해당할 위협에 처하고, 아서의 어머니 콘스탄스는 슬픔을 못 이긴 광기에 몸부림치다 죽고, 존 왕의 사주를 받은 수행원 휴버트는 차마 아서의 몸에 손을 대지 못했으나, 아서가 달아나려다 죽음을 맞게 되고, 존 왕이 죽였다고 생각한 솔즈베리 등 많은 귀족들이, 잉글랜드를 침공 중인 프랑스 왕세자 쪽에 합류하고, 존 왕은 현시국 통제권을 사생아 필립에게 넘긴 뒤 수도원으로 물러났다 독살당하고, 프랑스 왕세자의 기만술을 눈치 챈 잉글랜드 귀족들이 속속 다시 충성을 맹세하고, 새로 등극한 존 왕의 아들 헨리 3세를 중심으로 똘똘 뭉친 잉글랜드 앞에 프랑스군이 퇴각하며 막이 내린다.

'사생아' 필립 팰컨브리지는 실제 역사에서 아주 희미하게 언급될 뿐이지만, 셰익스피어는 《존 왕》에서 그를 주저 없이 플랜타저넷가 정통이자 제2의 비조로 세워 자신의 사극들을 사실상 '출발'시키며, 이것은 문학적으로 매우 적절한 출발이고, 이것 말고도 《존 왕》은 실제 역사, 혹은 역사서와 어긋나는 내용들이 꽤 있지만 대부분 그 적절함이 야기시켰거나 적절함 속으로 흡수되는 것들이다.
화려장관 볼거리를 관객들이 좋아했던 빅토리아 여왕 시대에는 가장 자주 공연되는 셰익스피어 작품 중 하나였으나 20세기 들면 《존 왕》은 1915년 이후 브로드웨이 공연이 단 한 번도 없고, 1953~2010년 스트렛포드 셰익스피어 축제 공연이 단 4회에 불과한 신세로 전락하지만, 1945년 피터 브룩이 연출한 공연은 그 의미가 적지 않다.

《리처드 2세》를 온통 수놓는 시는 봉건성을 벗는 부르조아적 아름다움의 탄생 과정이라 해도 과언이 아니고, 특히 5막 5장(폼프릿 성 감옥) 전반부 리처드의, 연주되다 그치는 음악과 어우러진, 자신의 소란스런 죽음 직전 독백은 셰익스피어 전 작품을 통틀어 몇 안 되는 압권 중 하나다.

헨리 3세의 세 아들 모두 왕에 오르니, 에드워드 1세(치세 1272~1307), 에드워드 2세(치세 1307~27), 에드워드 3세(치세 13

27~77)가 그들이고 에드워드 3세는 아들 일곱을 두게 되는데, 첫아들 웨일즈 공 에드워드(1330~1376)가 죽자 그의 아들, 즉 에드워드 3세의 장손이 리처드 2세에 오르고 《리처드 2세》 줄거리는 학정으로 치닫던 그가 에드워드 3세의 넷째 아들인 랭커스터 공작 아들, 즉 사촌 헨리 볼링브루크, 훗날의 헨리 4세에게 밀려나는 잉글랜드 역사의 한 대목이며, 그렇기 때문에 《리처드 2세》, 《헨리 4세 1부》, 《헨리 4세 2부》, 그리고 《헨리 5세》를 4부작으로 보아, '헨리 이야기'라는 뜻의 '헨리아드'라 부르기도 한다.

볼링브루크가 리처드의 삼촌 글로스터 공작 암살 죄로 노포크 공작 토머스 모브레이를 고발하자 모브레이가 볼링브루크를 '가장 위험한 반역자'로 맞고소, 리처드는 두 사람의 결투로 자신의 결백을 입증하라 했다가 마지막 순간 모브레이를 영구히, 그리고 볼링브루크를 10년 동안 잉글랜드에서 추방하라 명하고, 아일랜드 원정 경비를 감당해야 했던 그가 사망한 고온트의 재산, 의당 볼링브루크에게 상속되어야 할 그것을 자신의 삼촌 요크 공작, 그리고 노섬벌랜드 백작의 격렬한 반대에도 불구하고 몰수하니, 후자는 자신의 재산을 되찾겠다는 명분으로 권토중래를 도모하는 볼링브루크 쪽에 합류하고, 리처드는 아일랜드 원정을 떠나고 볼링브루크는 요크셔에 상륙, 노섬벌랜드와 함께 버클리 성으로 진격하고 거기에 리처드의 섭정으로 남겨졌던 요크 공작도 어쩔 수 없이 그들을 받아들이고, 웨일즈에 상륙했으나 기대했던 웨일즈 병력이 뿔뿔이 흩어졌거나 자신의 추종자 그린과 부시를 처형하고 높은 인기를 누리는 볼링브루크 쪽에 가담했다는 것을 알게 된 리처드는 요크 공작 아들 오멀을 데리고 플린트 성으로 피

신했다가 거기서 볼링브루크에게 사로잡히고, 볼링브루크는 오로지 자기 재산을 찾으려는 것뿐이라고 강변하지만 볼링브루크 앞에 불려 나온 리처드의 남은 추종자 베이갓이 오멀을 글로스터 공작 살해범으로 지목하고, 볼링브루크가 모브레이 사면령을 내려 오멀과 대질시키려 하지만 모브레이는 베니스에서 이미 죽은 터였고, 불려 나온 리처드가 볼링브루크에게 왕위를 양도하고, 칼라일 주교가 불가함을 주장하다가 노섬벌랜드에게 체포되고, 리처드가 런던탑으로 호송되고, 칼라일 주교와 오멀은 볼링브루크 제거를 도모하고, 리처드는 런던탑 아닌 폼프릿 성으로 가던 도중 왕비와 작별하고, 왕비는 프랑스로 떠나고, 오멀의 음모를 발견한 요크가 서둘러 그것을 알리러 볼링브루크에게 가지만, 그 전에 오멀이 먼저 도착하여 이실직고하며 용서를 구하고, 요크 부인의 간청에 따라 볼링브루크, 헨리 4세가 용서를 하고, 볼링브루크의 명에 따라 리처드는 엑스턴의 피어스 경에게 살해된다.

3막 4장 왕비와 정원사가 나누는 대화는 뛰어난 서정성과 식물의 비유로 리처드 폐위를 예견시키는, 걸작 막간극이다. 마지막 폐위 장면은 엘리자베스 시대에 워낙 민감한 대목이라 검열에 걸렸고, 제임스 1세 왕의 왕권이 안정되고 나서야 비로소 연기 및 인쇄가 가능했고, 에섹스 지지자들의 요청으로 그의 모반 하루 전인 1601년 2월 7일 무대에 올려진, 폐위 장면이 포함된 공연은 말 그대로 역사적인 공연이 되었다.

《헨리 4세》는 '어제의 동지, 오늘의 적'과 치르는 전쟁을 다루는 잉글랜드 사극임이 분명하지만, 동시에, 《1부》는 폴스타프라는 인물을 탄생시키는, 전쟁, 더군다나 내전을 배경으로 더욱 혹심한 희극 걸작이기도 하다. 주인공은 헨리 4세가 아니라 그의 왕세자 해리와 폴스타프 및 그 패거리들이며, 전쟁, 더군다나 내전을 배경으로 더욱, 산문과 운문의, 그리고 산문끼리 쟁패가 파란만장하다. 해리 왕세자는 폴스타프를 날카롭고 효과 있게 공략하지만, 그리고 내용에서 압도적 우위에 있지만 폴스타프는 논리를 넘어서는 희극성의 존재 그 자체고, 5막 3장 해리와, 즉 전쟁 소문이 아닌 전쟁 현실과 직접 마주치는 대목에서 폴스타프의 '코믹'은 일순 나약하여 해리한테 무참하게 '깨'지지만, 그 나약함이 이런 질문을 열기도 한다. 그럴까, 그런가? 그러나 전쟁에서, 죽음 앞에서 용기를 발하는 것이 정말 용기일까, 그건 무지 아닐까? 그거야말로 위선 혹은 비겁 아닐까? 무엇보다, 평화는, 그리고 희극은 유지되어야 하는 것 아닐까?
《2부》는 그에 비해 산문이 무척 지루하고 폴스타프가 잉여 출연인 느낌이 갈수록 강하며, 에필로그 직전 (헨리 5세에 오른) 해리 왕세자가 폴스타프에게 전하는 이별 통고는 그 자체로 적절하지만, 극 전체로 볼 때 너무 늦었고, 너무 늦었으므로 폴스타프의 대응은 희극적이기는 커녕 그냥 비루할 뿐이다. 그리고, 곧 이어지는 에필로그가 다음 작품에서도 그가 등장한다고 예고하지만 《헨리 5세》에는 폴스타프가 나오지 않고, 그의 죽음이 잠깐 언급될 뿐이다. 1부의 퀴클리('재빨리'), 개즈힐('쏘다니는 언덕')에 덧붙여 돌 티어시트('인형 뜯어내고 괜찮은 쪽'), 스네어('올가미'), 팽('독이빨'), 모울디('곰팡이 낀'), 워트('사마귀'), 휘블('연약한'), 불카프('수송아지') 등 우수마발 백성들의 뜻이름들이 많이 나오는 것은, 이름이 굳어지고 족보가 생겨가는 근대, 더군다나 참혹한 전쟁과 혹심한 희극 사이 절묘한 그것이라고나 할까.

《1부》 1402년 6월~1403년 7월 핫스퍼, 그의 아버지 노섬벌랜드, 그리고 그의 삼촌 우스터 백작이 핫스퍼 아내인 퍼시 부인의 오빠 모티머 영주, 모티머 부인의 아버지인 오웬 글렌다워, 그리고 더글라스 백작과 합세, 반란을 일으키지만 약속 장소인 슈루즈버리에서 핫스퍼와 실제로 합류한 것은 우스터와 더글라스 뿐, 핫스퍼는 왕세자(웨일즈 공) 해리와의 결투에서 패하여 죽고 우스터는 처형되고 더글라스는 풀려나는데, 왕세자 해리는 평소 폴스타프 패거리들과 어울려 물주 노릇을 해 주고 함께 도둑질도 하고 '멧돼지 머리 여인숙'에서 부왕과의 가상 만남을 꾸며 우스갯거리로 만드는 등 방탕 및 패륜 행각을 부러 벌이다가 3막 2장 부왕과 실제로 만난 자리에서 본심을 드러내며 참회의 눈물을 흘리고, 부자 화해가 이뤄지고, 왕세자의 위용을 갖춰 전장에 나온 터였고, 폴스타프도 슈루즈버리에 있었다.
《2부》 1403~13년 스크로우프 대주교, 헤이스팅스 경, 그리고 문장원 총재 토머스 모브레이가 반란을 일으켰다가 술수에 넘어가 스스로 군대를 해산하고 처형당하는데, 운문을 희화화하는 피스톨이 처음 등장하고 폴스타프는 여인숙 여주인 미세스 퀴클리, 창녀 돌 티어시트와 오래 놀아나더니 징병을 한답시고 간 곳에서 만난 시골재판관 로버트 섈로우를 꼬드겨, 왕세자가 자신의 막역 친구인데 곧 왕에 오를 것이고 그러면 좋은 일이 있게 해 주겠다며 천 파운드를 빌리지만, 런던에서 만난 그 왕세자, 헨리 4세가 죽어 헨리 5세에 오른 그의 친구는 면박을 주며 자기 눈앞에서 꺼지라고 말한다.

극중 모티머는 오웬 글렌다워의 딸과 결혼한 에드먼드 모티머(1409년 사망)와, 리처드 2세가 후계자로 인정했던 조카 에드먼드 모티머(1424년 사망)를 합쳐 만든 등장인물. 이 등장인물로 인해 요크 가문 전체가 에드워드 3세의 아들들과 실제 역사보다 한발 더 가깝게 된다.

《헨리 5세》의 압권은 단연, 위 대사의 힘을 받아, 전투를 앞두고 수적으로 완전 열세인 병사의 사기를 정말 극적으로 북돋우는 헨리 5세의 연설(4막 3장). 방백에서 절묘하게 이어져 공연 효과는 더 크다. 젊은 왕이 밤에 변장을 하고 막사를 돌아다니며 불안에 떠는 병사들을 달래고 그들이 자신을 정말 어떻게 생각하는지 살피고, 자신도 그냥 사람일 뿐인데 왕으로서 져야 하는 도덕적 책임에 대해 고뇌한 뒤의 연설인 것을 감안하면 감동은 배가된다. 이것을 따로 '크리스피누스 축일 연설'이라고 부른다.

캔터베리 대주교의 말에 고무되어 프랑스 왕관을 거머쥐기 위해 프랑스 원정을 떠나기 전 헨리 5세는 사우샘튼에서 자신을 암살하려는 케임브리지 백작, 스크로우프 경, 그리고 토머스 그레이 경의 음모를 발견, 이들을 처단하고 아르플레르를 점령, 칼레를 향하다가 아젱쿠르에서 프랑스 대군을 만나지만 크게 승리하며 트르와 조약으로 프랑스 왕의 딸 카트린느와 결혼하는데, 극 초

반, 피스톨과 결혼한 옛 퀴클리가 폴스타프의 죽음을 알리고 피스톨, 바돌프, 그리고 님이 원정대에 참가하지만 바돌프와 님은 약탈죄로 교수형 당하고, 피스톨은 웨일즈인 지휘관 플루얼런을 모욕했다가 그에게 흠씬 얻어맞고 부추 모양 채소 리크를 강제로 먹게 되며, 해리 왕은 플루얼런을 잉글랜드 병사 마이클 윌리엄즈와도 싸우게 만든다.

윌슨(Wilson, John Dover, 1881~1969)은 폴스타프가 《헨리 5세》에 원래 등장할 예정이었으나 켐페가 떠나 마땅한 배우가 없자 폴스타프 대사를 빼고 새로운 에피소드를 집어넣거나 피스톨이 폴스타프 대신 리크를 먹게 한 것이라고 주장한 바 있지만, 어쨌거나, 피스톨의 운문 희화화는 《헨리 5세》에서 아예 거덜 난 운문 차원에 달하고, 님, 바돌프, 피스톨의 코미디는 죽어서도 희극적인 폴스타프 죽음에 무척 심오한 페이소스를 부여한다. 바돌프의 외모는 전쟁-일상의 참상을 희극-역설적으로 강조하고, 아일랜드 방언, 웨일즈 방언, 스코틀랜드 방언의 군인-지휘관들 또한 못지않게 멍청하고, 희극적이다. 해리는 전 작품에서와 마찬가지로 산문과 운문을 모두 구사하지만, 이번에는 서민과 귀족-왕족 모두를 대변하기 위해서며, 헨리 5세의 카트린느 구애는 전부 산문이지만 폴스타프풍 산문은 아니고, 불어 동음이의의 과감한 구사는 귀족 사회 너머 국제(화) 사회를 반영한다. 소년의 죽음은, 미래-비극적이다.

《헨리 6세 1, 2, 3부》의 주인공 헨리 6세(1421~71)는 헨리 5세와 카트린느 사이에 난 유일한 아들로 돌을 맞기 전 1422년 잉글랜드 왕위에 올랐고, 1426년 웨스트민스터에서, 그리고 1431년 파리에서 대관식을 치렀고 1440~41년 이튼 칼리지, 킹스 칼리지, 케임브리지 대학을 잇달아 세웠으며 1445년 앙주의 마가릿과 결혼했는데, 온화하고 참을성 있는 성품이었으나 아버지가 남겨 준 프랑스 유산을 지켜 내거나 잉글랜드 내 랭커스터 가와 요크 가 사이 장미전쟁을 막을 만큼 강하지는 못하더니, 1471년 튜크스베리 전투 이후 피살된다.

《1부》 헨리 5세가 죽고 6세가 즉위한다. 잉글랜드인은 프랑스 내 영지를 지키려 하지만 성처녀 잔('창녀이자 마녀')의 활약에 자꾸 밀리고 잉글랜드 군을 이끌며 용감하게 싸워 수차례 승리를 거둔 탈봇도 결국 죽고 잉글랜드 내부에서 호국경 글로스터 공작과 윈체스터 주교 헨리 보포트(훗날 추기경) 사이 알력이 심해지며 템플 정원에서 양쪽이 각각 붉은 장미와 백장미를 뽑아 랭커스터 가와 요크 가 사이 본격적인 장미전쟁의 시작을 알리고, 헨리 6세는 나폴리 왕이자 앙주 공작인 르네의 딸 마가릿과 결혼한다.

《2부》 왕이 마가릿과의 결혼 선물로 앙주와 마인을 장인에게 양도한 것에 격렬한 이의를 제기하는 호국경 글로스터에게 마가릿 왕비, 추기경 보포트, 왕비의 연인 서포크, 그리고 요크가 앙심을 품고, 왕을 해코지하는 마법을 썼다는 누명을 씌워 글로스터 공작부인을 추방하더니, 글로스터마저 체포한다. 살인 혐의로 추방된 서포크가 해적들한테 다시 피살되고, 4막 대부분은 잭 케이드의 반란과 죽음의 장. 5막에서 장미전쟁이 시작되어 헨리 왕, 마가릿 왕비, 서머싯 공작과 늙은 클리포드 영주가 랭커스터 편에 서고 워릭 백작과 그 아들 솔즈베리 백작이 요크와 그 아들들을 지지한다. 1455년 세인트 앨번즈 전투가 벌어지고 서머싯 공작과 클리포드 영주가 전사한다.
《3부》 세인트 앨번즈 전투가 끝나고 헨리 6세가 요크를 자신의 왕위 계승자로 하지만 마가릿 왕비는, 아들 클리포드의 후원을 업고 자신의 적통 왕세자 에드워드를 위해 싸움을 계속, 웨이크필드에서 클리포드가 요크의 어린 막내아들 러틀랜드를 죽이고 요크도 사로잡혀 클리포드와 마가릿에게 모멸당한 후 칼에 찔려 죽는다. 하지만 요크의 두 아들, 훗날 에드워드 4세(치세 1461~83)와 리처드, 훗날 리처드 3세(치세 1483~85)가 1461년 타우튼 전투에서 랭커스터 가문을 물리치고, 여기서 클리포드가 살해당하고 헨리 6세가 체포당하고 왕에 오른 에드워드가 엘리자베스 우드빌과 결혼하자 워릭이 마가릿 편에 합류, 헨리를 풀어주고 에드워드를 사로잡지만 에드워드는 달아났다가 헨리를 다시 사로잡고, 1471년 바넷 전투에서 워릭군을 물리치고 워릭을 죽인다. 1471년 튜크스베리 전투에서 랭커스터 가문이 최종적으로 패퇴하고 헨리 6세의 맞아들 에드워드를 칼로 찔러 죽이며, 리처드는 런던탑으로 달려가 헨리 6세를 죽인다.

장미전쟁을 다루면서 특히, 법률용어가 난립한다. 초기작이지만 탈봇의 절규는 리어 왕을 연상시키기에 족하고, 서포크가 마가릿을 '꼬시'는 이야기는, 그에 비하면 더욱, 지루하고 지리멸렬한 코미디지만, 잠깐 동안의 평화 속이라는 것을 감안하면 그럴 법하기도 하다. 평화란 그런 것이고, 그래서 좋은 거니까. 폴스타프를 뒤집었달까. 그것을 다시 뒤집어 잭 케이드를 그리 심하게 희화화했을까? 서머싯 공작은 헨리 보포트와, 그의 공작 작위를 물려받은 동생 에드먼드를 합친 인물이다.

《리처드 3세》는 기형의 왕이 벌이는, 소름끼칠 정도로 기괴하고 끔찍한 정치의 장이다.

에드워드 4세(1442~1483)는 잉글랜드 최초의 요크 가문 출신 왕으로 1461. 3. 4.~1470. 10. 3 통치 때는 폭력으로 얼룩졌고 잠시 랭커스터 가문에게 밀렸으나 튜크스베리 전투 때 랭커스터 가문을 완전 제압하고 다시 왕위에 오른 뒤 나라를 평화롭게 다스리다가 갑작스레 죽음을 맞은 인물이다. 꼽추 리처드, 훗날 리처드 3세의 맨 처음 독백을 우리는 이 책 맨 앞에서 이미 읽었고 그의 치세는 2년에 불과하다.

에드워드 4세의 임종이 시시각각 다가오고 그의 둘째 동생인 리처드가 왕위를 차지하려면 그와 왕좌 사이 여섯 사람, 에드워드의 두 아들, 즉 왕세자 에드워드와 요크 공작, 그리고 에드워드의 딸 엘리자베스, 리처드의 형인 클래런스, 클래런스의 어린 아들과 어린 딸을 처리해야 한다. 1막에서 리처드는 형 클래런스를 런던탑에 갇히게 만든 다음 다시 손을 써서 죽이는 데 성공하고, 튜크스베리에서 자신의 손으로 직접 죽인 헨리 6세 왕세자 아들 에드워드의 미망인 앤 부인한테 뻔뻔스럽게 구애, 훗날, 놀랍게도, 결혼하는 데 성공한다. 헨리 6세의 미망인 마가릿은 코러스 처럼 출몰하며 철천지원수들인 요크 가문 사람들을 저주하는 한편 리처드를 조심하라 경고하고, 에드워드 4세가 죽자 리처드는, 버킹검 공작의 후원을 받으며 왕비파를 공격, 그녀 동생 리버즈 백작과, 그녀가 전 남편 사이에 낳은 아들 그레이 경, 그리고 에드워드의 고명대신 격인 궁내장관 헤이스팅스 경을 죽이고, 에드워드의, 에드워드 5세로 등극이 예정된 왕세자와 왕자 요크 공작을 런던탑에 가두고, 버킹검 공작이 런던 시민을 설득하여 리처드를 왕으로 선포케 하고, 왕에 오른 리처드가 런던탑의 왕세자와 왕자를 암살케 하고, 에드워드의 딸 엘리자베스와는, 자책과 병으로 죽어 가는 아내 앤을 더 빨리 죽게 조치한 후, 결혼하려 계획한다. 클래런스의 딸은 신분이 미비한 신사와 결혼할 것이고, 그의 아들들은 멍청하니 그만하면 되었다. 그런데 왕세자를 죽인 것에 대해 버킹검 공작 마음이 갈팡질팡하고, 리처드가 내치니 버킹검은 헤이스팅스의 친구 스탠리 경의 사위인, 랭커스터 가문의 리치먼드 백작 헨리 튜더, 훗날의 헨리 7세와 합류하려다 사로잡혀 처형되고, 상륙한 헨리 튜더의 군대가 보스워스에서 리처드 군대와 마주친다. 전투 전날 밤 리처드가 죽인 사람들의 유령이 차례차례 나타나 그를 저주하고 그의 패배를 예언하고, 그 예언대로 되고 헨리 튜더가 헨리 7세로 추대된다.

리처드 3세의 찬탈 과정은 속이 빤하고, 헨리 7세 등장 이전까지는 명분도 아름다움도 의리도 비극성도 동반 퇴색하지만, 리처드 3세가 리처드 3세를 기괴하게 여기는 극에 달할 때까지 축적되는 기괴의 과정, 그 기괴의 미학, 즉 기괴의 이미저리와 그럴듯함은, 사례를 찾기 힘들다. 실제 역사에서 마가릿은 장미전쟁 패배 후 그녀 아버지가 몸값을 지불하고 데려갔고 그 뒤 잉글랜드로 돌아오지 않았다.
1955년 올리비에는 자신이 감독 출연한 영화 한 편으로 가장 유명한, 그리고 가장 자주 패러디되는 리처드 3세 배우가 된다. 셰익스피어 《헨리 6세 3부》의 몇몇 장면 및 연설을 시버가 다시 쓴 희곡 '리처드 3세'와 합친 그 영화 대본에는 마가릿 왕비와 요크 공작부인이 아예 없고, 위 리처드의, 유령들의 저주 그 후 독백이 없다. 코미디언 피터 셀러즈는 1965년 비틀즈 음악 특집 TV 방송에서 비틀즈 노래 '고된 하루의 밤'을 올리비에의 리처드 3세 풍으로 읊었고, BBC TV 시튜에이션 코미디 《블랙 애더》 시리즈 첫 에피소드 또한 올리비에 영화를 일부 패러디, '자애로운' 리처드가, 셰익스피어 원작 대사를 망가뜨린다. 이제 우리 달콤한 만족의 여름은 구름 뒤덮인 겨울이 되었다 이 튜더의 구름들이 해냈어……. 2002년 영화 《거리의 왕》은 리처드 3세 이야기를 갱단 풍속도로 녹여 내고, 2011년 영화 《왕의 연설》에는 '이제 우리 불만의 겨울은/ 영광의 여름 되었다 이 요크 가문 태양 아들이 해냈어' 대사를 읊는 리처드 3세 배역 오디션이 나온다.

튜더 가문의 첫 왕 헨리 7세(치세 1485~1509)는 1483년 자신의 맹세를 지켜 1486년 요크의 엘리자베스와 결혼, 요크 가와 랭커스터 가를 통합하는 식으로 튜더 왕가 왕권 기반을 탄탄히 다졌고 그의 사망 후 헨리 8세가 순조롭게 왕위를 이어 받았다.

《헨리 8세》는 지문이 셰익스피어 작품 가운데 가장 정교하며, 도버 윌슨 및 소수를 제외한 셰익스피어 학자들이 존 플레처와 합작인 것으로 여기며, 아마도 셰익스피어가 1막 1장과 2장과 4장, 3막 2장 1~203행(왕의 퇴장까지), 5막 1장을, 플레처가 프롤로그 및 에필로그를 포함한 나머지를 썼을 것이고, 드라마라기보다는 일련의, 각 개인들이 겪는 재앙이나 사건들의 나열이다. 울시 추기경과의 권력투쟁에서 밀려 대역죄로 고발당하고 재판받고 처형당하는 버킹검 공작, 강제 이혼당하고 끝내 죽음을 맞는 캐서린 왕비, 왕과 결혼하는 앤 불린, 그것을 막으려던 음모가 들통 나 실각하고 역시 죽음을 맞는 울시, 캔터베리 대주교에 임명되었다가 윈체스터 주교 가디너의 탄핵을 받지만 왕이 나서서 위기를 모면시켜 주는 크랜머…… 그리고 마지막은 앤 불린과 헨리 8세 사이 태어난 국왕 장녀 엘리자베스, 훗날 엘리자베스 1세의 세례식을 축하하는 일대 소란이고 장관이다.

2. 셰익스피어 '연극=생애' 안팎

튜더 왕조 시대부터 지금에 이르기까지 잉글랜드(영국) 왕실은 일을 크게 세 가지로 나누어 고관에게 각각의 책임을 맡기는바, 왕실 제3위 고관인 사마관(司馬官, the Master of the Horse)이 주로 바깥일을, 제2위 고관인 가령(家令, the Lord Steward)이 음식과 음료, 조명 및 난방 따위 지하 일을, 그리고 제1위 고관 궁내장관(the Lord Chamberlian of the Household)은 지상의 모든 일을 담당한다. 군주의 거처, 의상, 여행, 손님 접대,

여흥 등등. '궁내'는 다시 둘로 나뉘는데, 1) 궁내 사실(私室)은 엘리자베스 1세 여왕 시대의 경우 궁내장관, 부장관, 기사 4명, 기사장(Knight－Marshall), 신사 18명, 궁내관(Gentleman-Usher) 4명, 말구종장(Groom-Porter), 말구종 14명, 고기 써는 사람 넷, 술잔 따라 올리는 사람 셋, 재봉사 넷, 수행 기사 종자(Squire to the body) 넷, 2등 궁내관(Yeoman-Usher) 넷, 시동 넷, 전령 넷, 여왕 전속 목사(Clerk of the Closet) 둘, 그리고 많은 귀족 신분 시녀 및 하녀들이, 2) 알현실은 수행 시하인(Esquire of the Body)들과 더 많은 궁내관 및 말구종들이 관리했다.

셰익스피어는, 모든 배우-공동소유주들이 그렇듯, 궁내장관 직속의 말구종 신분이지만, 월급을 받은 것은 아니다. 잔치 및 공연 따위를 담당하는 일이 헨리 7세 때 상설 부서로 격상되고 책임자가 임명되었는데, 직제상 궁내장관 직속이지만 점차 극장 전반에 폭넓고 독립적인 권력을 행사하게 된다. 공공극장에서는 오후 두 시경 공연이 시작되어 두 시간 혹은 두 시간 반 동안 이어졌고, 개인 극장에서는 어차피 인조 조명이 필요했으므로 더 늦게 시작할 수도 있었다. 포스터 따위로 공연 작품을 홍보했고, 트럼펫을 세 번 불어 공연 시작을, 깃발을 달아 공연 중임을 알렸다. 비극일 경우 천정에 검은 커튼을 매달았다. 극장 입구에서 입장료를 거뒀고, 최상층 관람석 입구에서 추가 요금을 받았다. 세 번째 트럼펫 소리가 울리면 프롤로그가 전통적인 검은 복장으로 등장하고 연극이 공연되는데, 공공극장에서는 아마도 중간 휴식이 없었지만, 개인 극장에서는 음악을 위한 중간 휴식이 있었고, 이 전통을 17세기 초 극장들이 변형된 형태로 채택하게 되었을 것이다. 공연이 끝나면 에필로그가 나와 관객에게 박수갈채를 부탁하고, 지그 춤곡이 이어졌다. 관객들이 빠져나가면 배우-극장주들이 거둔 돈을 계산, 최상층 추가 요금의 반을 임대료로 극장주(아마도 자기 자신들)에게 지불하고 고용 배우들에게 급료를 주고 나머지를 자기들이 챙겼다. 역병과 청교도들이 배우들의 최대 적이었다. 런던은 상인과 장인들, 그들의 도제들과 여행자들의 도시였고 도시를 다스리는 것은 런던 시장, 그리고 12개 복장 조합이 선출한 대표들로 구성된 시 자치체였는데, 역병이 돌면 추밀원이 시 자치체 성화에 못 이겨 극장 폐쇄를 명할 밖에 없었고 그러면 런던 배우들은 지방을 순회하며 지역 터줏대감 극단들과 힘겨운 경쟁을 벌여야 했다. 1584년 배우들은 역병으로 인한 사망자가 주 50명을 넘지 않는 한 공연을 허락하는 게 이치에 맞다고 주장했고 시 자치회는 온갖 원인으로 인한 사망자 수가 3주 연속 50을 넘지 않아야 한다고 답했는데, 1607년에는 역병 희생자 수가 30을 넘을 경우, 그 후에는 40을 넘을 경우 자동적으로 극장 문을 닫았을 것이다.
셰익스피어 사극들을 따라 우리는 곧장 셰익스피어 탄생 직전까지 왔다. 피터 홀의 '완전히 다른 사람이 되는 능력'과 '그 능력을 다룰 수 있는 또 다른 능력'은 물론 역사상 가장 민활한 시적 상상력과 연극 기획력, 그리고 극장 운영 수완을 갖춘 예술가 가운데 하나였던 그를 통해 잉글랜드 역사가 응집, 현재화할 뿐 아니라, 예술-미래화한다. 그리고, 첫 작품 《헨리 6세 2부》를 쓰기 시작한 1590년부터 마지막 작품 《헨리 8세》를 마친 1613년까지 이어지는 그의 '연극=생애'는 잉글랜드 역사 이전 그리스 신화(《한여름 밤의 꿈》), BC. 1천2백 년 무렵 미케네 문명 그리스인들이 10년 동안 벌인 트로이 전쟁(《트로일루스와 크레시다》, 소포클레스(497~406 BC.) 당대인 BC. 491년 무렵 볼스키 족을 이끌고 로마를 공격했으나 아내와 어머니의 간청에 로마를 봐주고, 오히려 볼스키 족한테 죽임을 당하던 초기 로마 공화국 귀족(《코리올라누스》), 에우리피데스(469~399 BC.)와 소크라테스(450~404 BC.) 당대 그리스(《아테네의 타이먼》), 헬레니즘 시대(《페리클레스》), 로마공화국이 제정으로 넘어가던 시절(《줄리어스 시저》, 《안토니와 클레오파트라》), 그리고 플루타르크(46~110) 당대 (《티투스 안드로니쿠스》) 역사까지 응집, 현재화하고, 예술-미래화한다. 그리고 걸작들은 그 응집, 현재화, 예술-미래화를 끊임없이, 갈수록 질 높게 추동하는 동시에 끊임없이 그 추동의 결과물이다.

김정환

1954년 서울 출생. 서울대 영문과를 졸업했다.
1980년 《창작과 비평》에 시 '마포, 강변동네에서' 외 5편을 발표하면서 작품 활동을 시작했다.
시집 《지울 수 없는 노래》《하나의 이인무와 세 개의 일인무》《황색예수전》《회복기》
《좋은 꽃》《해방 서시》《우리 노동자》《기차에 대하여》《사랑, 피티》《희망의 나이》
《노래는 푸른 나무 붉은 잎》《텅 빈 극장》《순금의 기억》《김정환 시집 1980-1999》
《해가 뜨다》《하노이 서울 시편》《레닌의 노래》《드러남과 드러냄》 등 20여 권의 시집과,
소설 《파경과 광경》《세상 속으로》《그 후》《사랑의 생애》,
산문집 《발언집》《고유명사들의 공동체》《김정환의 할 말 안 할 말》,
평론집 《삶의 시, 해방의 문학》, 음악 교양서 《클래식은 내 친구》《내 영혼의 음악》,
문학 창작 방법론 《작가 지망생을 위한 창작 강의 일곱 장》,
역사 교양서 《상상하는 한국사》《20세기를 만든 사람들》《한국사 오디세이》 등이 있으며,
《더블린 사람들》《셰익스피어 평전》 등을 번역했다.
2007년 제9회 백석 문학상을 수상했다.

헨리 6세 3부

첫판 1쇄 펴낸날|2012년 10월 20일
지은이|셰익스피어
옮긴이|김정환
펴낸이|박성규
펴낸곳|도서출판 아침이슬
등록|1999년 1월 9일(제10-1699호)
주소|서울시 은평구 신사동 25-6(122-882)
전화|02)332-6106
팩스|02)322-1740
이메일|21cmdew@hanmail.net
ISBN 978-89-6429-129-0 04840
ISBN 978-89-6429-132-0 (세트)
책값은 뒤표지에 있습니다.